Das Buch

Morde geschehen aus ganz verschiedenen Motiven. Dabei kann die mörderische Gefahr an ungewöhnlichen und schaurigen Orten lauern. Doch auch an ganz alltäglichen Plätzen werden dramatische oder blutige Verbrechen verübt, die oft mit einer unerwarteten Wendung ans Tageslicht kommen.
Diese Geschichten werden Ihnen eine Gänsehaut bescheren, Sie vielleicht gruseln lassen oder Ihnen ein Schmunzeln entlocken.

Die Autorin

Ethel Scheffler
Schreibt Krimikurzgeschichten, über wahre Fälle und Regionalliteratur.
www.scheffler-stories.de

Ethel Scheffler

Kalte Motive
Verbrechen des Grauens

Krimikurzgeschichten

Die Autorin wünscht ein
spannendes Lesevergnügen!

Impressum:

1.Ungekürzte Taschenbuchausgabe
Copyright © 2024, Ethel Scheffler
Bild by pixaby
Verlag: BoD · Books on Demand GmbH,
In de Tarpen 42, 22848 Norderstedt
Druck: Libri Plureos GmbH,
Friedensallee 273, 22763 Hamburg
ISBN: 978-3-7693-1221-8

Inhaltsverzeichnis

Tödliches Fieber

Triumphierend blickte Corinna auf Ingolf. Ein leichtes Lächeln umspielte ihre Lippen. Jetzt hatte sie es geschafft!

Bequem im Sessel sitzend, griff sie nach dem *Heide Kurier* auf dem Couchtisch, überflog die Schlagzeilen und schaute immer wieder zu ihrem Mann.

»Ja mein Guter«, sprach Corinna kaum hörbar. »Das hättest du wohl nicht gedacht.« Passend, dass ihn gerade jetzt die Grippe erwischt hatte. Er gab schon eine jämmerliche Figur ab. Die Augen wirkten eingefallen, die Haare klebten an seiner Stirn und die fahle Blässe ließ die schwarzen Bartstoppeln überdeutlich sichtbar werden. Wie sehr hatte sie damals seine athletische Figur bewundert. Von seinen Bewegungen waren die Kraft und Geschmeidigkeit eines Panthers ausgegangen. Selbst nachdem er das Fußballspielen aufgegeben hatte, zog sein wohlgeformter

Oberkörper so manchen Frauenblick auf sich. Ingolf war groß, stark und sein schwarzes, leicht welliges Haar täuschte viele über sein wahres Alter hinweg.

Er genoss dies sichtlich. Jedem Rockzipfel gierte er hinterher. Gut darüber konnte sie hinwegsehen. Aber oft löste ein zurückgworfener Blick sein Jagdfieber aus.

Corinna erinnerte sich gern an den Beginn ihrer Beziehung, als er nur Augen für sie hatte und sie im Mittelpunkt stand.

Er hatte sie damals während eines Forums an der Leipziger Universität angesprochen. Da sie das Projekt leitete, stellte er eine Frage nach der anderen zu den Vorsorgeprogrammen für gesunde Menschen. Dabei überhörte er, dass sie eigentlich nur die Werbefirma vertrat, die solche Events ausgestaltete und deren reibungslosen Ablauf überwachte.

Corinna hatte Ingolfs beharrliche Art gefallen. Er schien so anders zu sein, als ihre bisherigen Freunde und ließ sich schnell von seinem Charme einfangen. Er hatte sie Tag und Nacht umgarnt und bekniet, mit ihm nach Bad Düben zu ziehen.

'Lass uns das ganze Jahr da wohnen und arbeiten, wo andere hinfahren, um die Kur oder den Urlaub zu verbringen. '

Corinna hob den Kopf und sah durch das Fenster. Sie liebte diesen Blick über die gelb strahlenden Rapsfelder bis hin zum Roten Ufer. Ihre Dübener Rocky Mountains nannte sie stolz die zerklüfteten Uferfelsen an der Mulde.

Es hätte alles so schön sein können. Im Freundeskreis galten sie als das Traumpaar. Sie führten sehr erfolgreich seine Arztpraxis nahe dem Paradeplatz. Ingolf war als Allgemeinmediziner sehr beliebt und Corinna arbeite als Organisationstalent an der Rezeption. Aber sie kümmerte sich auch sonst um alles andere, was die Praxis betraf.

Nur Corinnas Mutter hatte Ingolf von Anfang an nicht gemocht. Seine übertriebene charmante Art empfand sie als aufgesetzt und unehrlich. Sie riet ihrer gut betuchten Tochter zur Vorsicht. Ingolf hatte Corinna schon recht kurz nach ihrem Kennenlernen um finanzielle Unterstützung für den Kauf von Geräten für die Praxis gebeten. Wie aber hätte sie ihrem Traummann diesen Wunsch abschlagen können? Sie schlug auch die Bedenken ihrer Freundin Birgit in den Wind, die den großen Altersunterschied der beiden kritisch sah.

Corinna war zehn Jahre älter. Spielte das heutzutage wirklich noch eine Rolle, wenn man sich liebte? Und er tat ihr gut. Selbst ihre Asthmaanfälle gingen stark zurück.

Störrisch wie Corinna sein konnte, nahm sie Ingolfs Heiratsantrag schon ein halbes Jahr später an. Trotzig präsentierte sie allen voller Stolz den goldenen Ring an ihrer Hand. Alles schien in bester Ordnung zu sein.

Doch kurz nach der Hochzeit zogen erste Gewitterwolken am gelobten Ehehimmel auf. Eine Annett Walther verursachte Blitz und Donner. Ingolf musste sie bei einer der ärztlichen Weiterbildungen kennengelert heben.

Sie tauchte erstaunlich oft in der Praxis auf. Aufmerksam wurde Corinna erst, als Ingolf dieser Annett Walther bei den kleinsten Wehwehchen, entgegen seiner Gewohnheit, lange Krankschreibungen verordnete. Merkwürdigerweise stieg auch in dieser Zeit die Anzahl seiner Hausbesuche drastisch an.

Corinna sehr froh, dass Annett Walther diesen Seitensprung selbst beendet hatte. Na gut, Corinnas Anruf bei Annetts Ehemann hatte bestimmt etwas dazu beigetragen. Sie nannte dem Gehörnten die Zeit eines *dringend* anstehenden Hausbesuches ihres Mannes bei dessen Frau. Als Ingolf dann mit einem blauen Auge nach Hause kam, gab sie ihm »mitfühlend« einen Eisbeutel gegen sein immer größer werdendes Hämatom. Als Ausrede war ihm nichts Besseres eingefallen, als dass er in einem Café gegen einen Kleiderständer gelaufen sei.

Corinna faltete für einen Moment die Zeitung zusammen und stand auf. Scheinbar fürsorglich legte sie die heruntergerutschte

Wolldecke über Ingolfs geschwächten Körper und fragte sich dabei, warum er damals aus der Sache mit Annett Walther nicht klug geworden war.

Corinna erinnerte sich, dass schon kurz nach jener Affäre eine Ulrike Schnapper seine Aufmerksamkeit auf sich gezogen hatte. Als die junge Blondine in der Praxis um einen Termin gebeten hatte, war sie wirklich krank gewesen: Sie hatte Herzrhythmusstörungen. Nach der Untersuchung begleitete Ingolf die Patientin an die Rezeption. Da beobachtete Corinna, wie Frau Schnapper Ingolf mit ihren braunen Augen an klimperte.

Es folgten nervige Anrufe, in denen sie bat, direkt zu Ingolf durchgestellt zu werden, weil es ihr angeblich wieder einmal so schlecht ging. Corinna ahnte, wohin das alles führen würde. Einmal hatte sie kurzerhand die rote Mithörtaste gedrückt. In der Annahme, sie hätte an der Anmeldung mit Patienten zu tun, verabredeten sich beide für den Nachmittag.

Kaum war das Gespräch beendet, erschien Ingolf an der Rezeption. Corinna tat so, als käme sie gerade aus dem Labor. Nach der Sprechstunde bedauerte Ingolf scheinheilig, dass er noch außerplanmäßige Hausbesuche zu erledigen habe. Nun war ihr alles klar. Diese Masche kannte sie von Ingolf schon.

Wieso wusste Frau Schnapper eigentlich nicht, dass bei verliebten Menschen ganz besonders Herzrhythmusstörungen auftreten konnten? Und sollten diese bei einer solchen Vorbelastung, wie sie Frau Schnapper hatte, nicht ganz vermieden werden?

Als wenige Tage später ein Pharmaberater ein neues Herzmedikament vorstellte, erhielt Ingolfs Geliebte natürlich als eine der ersten Patientinnen diese Medizin aus dem Bestand unverkäuflicher Muster.

Dass Ingolf bei dem intensiven Blickkontakt bei der Verabschiedung ganz vergessen hatte, ihr die genaue Medikation zu erklären, war schließlich nicht Corinnas Versäumnis. Als Ulrike Schnapper mit seidigem Glanz in den Augen und den neuen Herztropfen in der Hand an der Rezeption nach der genauen Dosierung fragte, empfahl Corinna ihr 20 Tropfen dreimal täglich. Fünf Tropfen zu viel pro Einnahme. Corinna musste in ihrer Eifersucht völlig ausgeblendet haben, dass die unpräzise Mengenangabe für ein so krankes Herz mörderisch sein konnte. Die Rivalin hatte dies gleich nach der ersten Einnahme gespürt.

Corinna sah wieder zu Ingolf. Jetzt lag er da, wie ein Bündel Elend in der Wolldecke. Die Beine leicht angewinkelt, war er mit seinen 1,95 m dennoch viel zu groß für das kleine Sofa. Ständig musste sie damit rechnen, dass er bei der kleinsten Bewegung herunterrollen könnte. Obwohl: Welche Bewegung? Seit Stunden lag er regungslos da.

Nur einmal hob Ingolf leicht den Arm. Wahrscheinlich wollte ihr »Liebling« etwas trinken. Doch sie reagierte nicht.

In Gedanken versunken, schlürfte Corinna genüsslich den vor ihren stehenden Apfelsaft.

Ihre Augen formten sich zu schmalen Schlitzen, als sie an den Streit mit Ingolf vor wenigen Wochen zurückdachte. Den Anlass für ihren Wutausbruch hatte sie längst vergessen. Ganz energisch hatte sie ihm jedoch klargemacht, dass sie seine ständigen Affären nicht mehr dulden würde.

Es stünde schließlich einiges auf dem Spiel, hatte sie ihm zu guter Letzt mit viel Kraft an den Kopf geworfen, denn ein Asthmaanfall ließ sie nach Luft ringen.

Es war seine samtweiche Stimme, die sie erneut beruhigte und die Beteuerung, dass er nur sie liebe.

Verblendet vor Liebe hoffte sie tatsächlich, dass es Ingolf von jetzt an ehrlich mit ihr meinen würde.

Wie sehr freute sich Corinna, als er zu ihrer Entlastung noch eine Arzthelferin einstellte, denn die Abrechnungen zum Monatsende wurden immer umfangreicher. Endlich wieder mehr Zeit füreinander? Das Glücksgefühl währte nicht lange.

Nun musste sie mit ansehen, wie Ingolf ständig die Nähe der um Jahre jüngeren Arzthelferin Nora suchte. Wann immer es möglich war, berührte er wie zufällig ihre Hand oder blickte ihr bei der Übergabe von Patientenakten tief in die Augen. Oft stand Ingolf ganz nah hinter ihr, wenn sie ein Röntgenbild zur Auswertung an den Lichtkasten klemmte.

Doch nicht genug damit. Zudem nörgelte er ständig an ihr herum. Nichts konnte sie ihm mehr recht machen. Und wann hatte er das letzte Mal mit ihr geschlafen?

Ständig zog er sich in seine Werkstatt neben der Garage zurück und schweißte zu seinem Vergnügen aus Schrott und Blechteilen abstrakte Figuren zusammen, die schon das ganze Haus bevölkerten. Wollte sie mit ihm etwas unternehmen, hatte er keine Lust.

Das Maß war voll. Das wollte sie sich nicht mehr bieten lassen. Wie oft hatte sie ihm Seitensprünge verziehen. Für diese erneute

Demütigung würde er einen hohen Preis bezahlen müssen.

Corinna ging ins Bad und blickte in den Spiegel. Ihre großen braunen Augen und ihr dunkler Teint gaben ihr etwas Geheimnisvolles. Sie strich die bunte Bluse glatt. Corinna verstand einfach nicht, was es an ihr auszusetzen gab. Schlank und mit schönen Kurven an den richtigen Stellen, sah sie toll aus.

Dass manche Männer nie zufrieden sein konnten. Kaum bot sich eine Gelegenheit auf ein pikantes Abenteuer, rutschte ihr Gehirn in die Hose. Corinna atmete tief durch und ging ins Wohnzimmer zurück.

Ingolf lag, wie sie ihn verlassen hatte. Erleichtert trank sie wieder einen Schluck Saft. Schade drum, dachte die noch Ehefrau sich, während sie auf Ingolfs Brustkorb sah. Er hob und senkte sich nicht. Ob er schon ...?

Nur ja nicht zu zeitig Alarm schlagen. Sie wollte sicher sein, dass der Schlaftablettenmix seine ganze Wirkung entfalten konnte.

Ein Blick auf die Uhr zeigte ihr, dass gleich ihre Lieblingsserie im Fernsehen begann. Sie trank ihr Glas leer und schaltete den Apparat an.

Plötzlich drehte Ingolf seinen Kopf zur Seite und öffnete die Augen.

Corinna erstarrte vor Schreck. Das konnte doch nicht wahr sein. Bis vor wenigen Sekunden hatte sie noch geglaubt, Ingolf schliefe sich ins Jenseits. Sie drückte sich tief in den Sessel und spürte, wie der Schreck ihr die Kehle zuschnürte.

»Hast du etwa gedacht, du wirst mich so einfach los?«, fauchte Ingolf sie an.

Corinnas Atemzüge wurden kürzer. Sie bekam einen Asthmaanfall und fasste sich an den Hals, als könne ihr dies Erleichterung bringen.

Ingolf schien das nicht zu bemerken. Er richtete sich zu seiner ganzen Größe auf.

Corinna war entsetzt, bekam noch weniger Luft. Sie hechelte und versuchte, die Anzahl der Atemzüge zu erhöhen. Corinnas Angst und die Heftigkeit des Anfalls lähmten ihre ganze Handlungsfähigkeit. Hochrot kämpfte sie um mehr Luft. Vergeblich versuchte sie, aufzustehen, um das Notfallspray für solche Situationen zu holen. Ihre Beine, scheinbar in Zementblöcke gegossen, hielten sie unbarmherzig fest. Angstschweiß breitete sich auf Corinnas Stirn aus. Sie war wie gelähmt.

Ingolf ging einen Schritt auf Corinna zu. Ein grausames Lächeln lag auf seinem Gesicht.

»Ingolf, hilf mir, ich sterbe«, flehte sie ihn in Todesangst an. Sie röchelte nur noch.

»Wieso sollte ich?«, hörte Corinna ihn ohne jede Regung in der Stimme sagen.

Ein, zwei Sekunden vergingen. Stille.

Ihr Kopf fiel kraftlos auf ihre rechte Schulter.

Nun musste Ingolf nur noch glaubwürdig sein Alibi in Szene setzen. Sein Hobbyraum lag ja neben der Garage. Die ganze Zeit würde er hier gearbeitet haben, wenn die Polizei ihn befragen würde. Für diesen Zweck lag seit dem frühen Morgen schon alles bereit.

Wenn Ingolf mit dem Schweißbrenner hantierte, dann konnte er natürlich keine Hilferufe von Corinna hören, wenn sie einen Asthmaanfall hatte.

Schade Corinna, dachte er mit einem letzten aber ungerührten Blick auf sie. Die ganze Zeit hatte ihn das Gefühl verfolgt, dass Corinna etwas im Schilde führte. Aber was? Als er, ganz gegen seine Art, ihre Handtasche durchwühlt und die Schlaftabletten gefunden hatte, wusste er, dass sie nur auf eine Gelegenheit wartete, um sie ihm zu verabreichen. Kurzerhand hatte er sie gegen Placebos ausgetauscht. Trotzdem hoffte er, dass seine Vermutungen falsch waren. Deshalb nutzte er die Gelegenheit, seine Grippe schlimmer darzustellen. Er gab sich besonders schlapp, und legte sich stundenlang auf das Sofa, in der Hoffnung, Corinna würde nicht bis zum

Äußersten gehen. Ingolf legte sorgfältig die Decke zusammen, ohne nochmal auf seine tote Frau zu schauen.

Gewissenhaft schaute er umher, denn es sollten keine verräterischen Spuren zurückbleiben. Dann schloss er beruhigt die Zimmertür hinter sich.

In etwa zwei Stunden würde Birgit wie jeden Freitag ihre Freundin besuchen kommen. Ganz erstaunt würde Ingolf aus der Werkstatt treten und fragen, warum Corinna ihr nicht selbst öffnete. Er würde die Freundin hereinbitten und sie die Leiche entdecken lassen.

Ingolf lächelte. Er hatte es geschafft. Die Praxis lief wie am Schnürchen, das geliehene Geld brauchte er nicht mehr zurückzuzahlen, und obendrein würde er ihr ganzes Vermögen erben.

Herrlich! Wie einfach konnte das Leben sein. Endlich brauchte er keine Ausreden mehr, wenn er mit seiner neuen Arzthelferin, zusammen sein wollte. Schon die Vorstellung, ihren aufreizenden Körper in endlosen Nächten berühren und lieben zu können, wärmte seine Lenden.

Herrlich, dachte Ingolf, während er nach der fast leeren Zigarettenschachtel in seiner rechten Hosentasche griff. Er lächelte.

Nora hatte ihm das Versprechen abgenommen, nicht mehr zu rauchen. Doch eine letzte Zigarette hier in seiner Werkstatt würde er sich noch genehmigen und dann, dann würde für ihn das neue Leben beginnen.

Ingolf steckte sich die Zigarette an. Tief und mit viel Genuss zog er den Rauch ein. Er öffnete die Tür zu seinem Hobbyraum und registrierte das zischende Geräusch. Bei den eiligen Vorbereitungen am Morgen musste er vergessen haben, das Ventil der Acetylenflasche seines Schweißgerätes zu schließen.

In Bruchteilen von Sekunden begriff er, dass es für ihn kein neues Leben geben würde. Nicht in dieser Welt. Ein Knall löschte Ingolfs Pläne aus. Die Explosion verteilte seinen Körper in tausend Fetzen in der Hobbywerkstatt.

Die Totengräber von Großzschocher
-Tatsachen – Sage – Krimi -
Tatsache ist:

Zum Ende des Mittelalters gab es sowohl in den Städten als auch auf dem Lande Totengräber. So auch in Großzschocher. Speziell von diesen ist bekannt, dass sie ihre Stellung ausnutzten, um ihre Gewinnsucht und Mordgier zu befriedigen. Unterstützt wurden sie dabei von ihren Weibern, Schwiegertöchtern- und söhnen. Sehr oft wurden die Frauen zu Beginn der Erkrankungen gerufen, um zu heilen. Diese gaben dann den Kranken ein besonderes Pulver zur Besserung ihrer Beschwerden. Es bestand aus allerlei Getier, so aus gedörrten und klein gestoßenen Kröten, Schlangen und Molchen. Am Anfang ihrer mörderischen Tätigkeit warteten die Frauen noch, bis die kranke Person gestorben war. Doch die Mörderinnen wurden später immer dreister und begruben die Kranken schon, wenn diese nur in einer Ohnmacht lagen.

Dass in der Zwischenzeit die Wohnungen schon ausgeraubt werden konnten, hatten die Frauen ganz geschickt eingerichtet. Sie verbreiteten falsche Gerüchte. Sie gaben an, dass es sich bei den Betroffenen um ansteckende Krankheiten handelte. Aus Angst vor einer Ansteckung hielten sich Neugierige von den Behausungen fern.

Dem Spuk wurde im Jahr 1582 ein Ende gesetzt. Die Totengräber wurden mit glühenden Zangen gerissen, gerädert und aufs Rad geflochten, ihre Frauen wurden als Hexen auf dem Scheiterhaufen verbrannt.

Die Sage

von den Totengräbern von Großzschocher erzählt nun, dass ein junger Handwerksbursche von der Wanderschaft zurück nach Hause kam und zu seiner Liebsten wollte, als die Totengräber gerade einen Sarg vorbei trugen.

Auf seine Frage, wer wohl darin läge, wurde ihm seine Liebste beschrieben. Groß war die Trauer, dass er zu spät nach Hause gekommen war. Nun wollte er die Geliebte noch einmal sehen. Die Totengräber schlugen ihm jedoch die Bitte ab.

In der Nacht jedoch brach der Zurückgekehrte mit einigen Burschen den Sarg auf und fand seine Maid geknebelt und gefesselt, aber noch lebend vor. So ward sie befreit und heiratete glücklich ihren Lebensretter. Die Totengräber hingegen wurden in Haft genommen und gerichtet.

Krimi
Die Totengräber

»Was ist denn da los?« Ruth wandte den Kopf in die Richtung, aus der der Schrei gekommen war. Doch in dem weitläufigen Spielgarten konnte die Kindergärtnerin nicht sofort ausmachen, welches von den vielen spielenden Kindern geschrien hatte. Ihr suchender Blick stoppte vor der Buchenhecke am Zaun. Lara hatte dort etwas abseits von den anderen Kindern, gespielt. Wo war sie? Ruth rannte zum Zaun und hielt sich vor Entsetzen die Hände vors Gesicht. Ein Wiesenstück mit einem Durchmesser von etwa drei Metern war mehrere Meter tief eingesunken.

»Meine Glasmurmeln sind weg«, rief Lara von unten weinerlich herauf.

Ruth war erst einmal froh, sie unverletzt zu sehen. Das Mädchen musste unter Schock stehen, denn sie dachte nur an ihre geliebten bunten Murmeln. Ruth beugte sich über das riesige Loch. Ihr war es nicht möglich, Lara zu greifen. Auch konnte sie nicht erkennen, warum die Erde so weiträumig eingefallen war. Vielleicht hatte es Unterspülungen gegeben. In diesem Fall könnte die Erde auch noch weiter abrutschen.

Ruth zwang sich, die aufkommende Panik zu unterdrücken, griff nach ihrem Handy in Jackentasche und wählte die Notrufnummer. Die freundliche Stimme am anderen Ende versprach schnelle Hilfe.

Ruth hatte große Mühe, nicht zu weinen. Sie schaute auf Lara, die in ihrem gelben Sommerkleid wie ein gefangener Schmetterling aussah.

»Lara, bleibe ganz ruhig und bewege dich nicht. Es kommt gleich Hilfe«, versprach sie und beruhigte damit auch sich selbst. Die anderen Kinder, die sich nähern wollten, schickte sie zurück, denn die Wiese konnte jederzeit weiter einbrechen.

Jetzt begann Lara zu weinen. Sicherlich hatte sie große Angst so allein da unten. Ruth versuchte, sie abzulenken. Sie fragte, ob Lara sich schon auf die Schule freuen würde, ob sie schon wüsste, wie ihre Zuckertüte aussah, denn es wären doch ihre letzten Tage im Kindergarten.

Wo die Feuerwehr nur blieb?

Endlich! Nach gut zehn Minuten war das Martinshorn zu hören.

»Gleich bist du wieder oben, Lara. Hörst du? Die Feuerwehr ist da.«

Lara nickte.

Im Nu war alles abgesperrt und an den Kran der Feuerwehr ein Rettungskorb eingehängt.

»Am besten, Sie setzen sich mit hinein und holen die Kleine herauf«, wies sie der Mann von der Einsatzleitung an.

Kurz darauf schwebte Ruth mit pendelnden Bewegungen zu Lara hinab. Sie streckte die Arme aus und hob Lara zu sich in den Sitzkorb. Die Kleine schmiegte sich eng an Ruth, während sie langsam von der Seilwinde nach oben gezogen wurden.

Plötzlich riss Ruth die Augen auf und Übelkeit stieg in ihr auf. Sie konnte gerade noch einen Schrei unterdrücken, denn sie schwebten an einem menschlichen Schädel vorbei, welcher zwischen braunen Erdbatzen und Kieselsteinen gut sichtbar war. Doch damit nicht genug. Eine knöcherne Hand schien aus dem Erdreich nach oben greifen zu wollen. Ein Finger ragte jedoch heraus und zeigte mahnend auf die beiden Eindringlinge, die ihre Totenruhe gestört hatten.

Bin ich hier in einem Gruselfilm?

Im gleichen Moment wusste Ruth jedoch, dass sie nicht träumte. Der modrige Geruch nasser Erde in ihrer Nase war real. Und auch Lara, immer noch eng an sie gekuschelt, war kein Traum.

Endlich kamen sie oben an und der Korb schwenkte weitläufig auf die Wiese. Ein freudiges Klatschen empfing sie. Es war ein gutes Gefühl, wieder festen Boden unter den Füßen zu spüren. Langsam löste sich bei Ruth die Anspannung.

Ihre Chefin legte den Arm um sie: »Gut, dass du schnell bei der Kleinen warst. Aber jetzt fahrt ihr erst mal zur Untersuchung ins Krankenhaus.«

»Mir fehlt absolut nichts«, wehrte Ruth ab, »vielleicht kann jemand anderes Lara ins Krankenhaus begleiten.«

Ruth sah die ganze Zeit den mahnenden Knochenfinger vor sich. Merkwürdig, dass ihr just in diesem Augenblick Omas oft gebrauchte Worte einfielen: *Es hat alles einen tieferen Sinn.*

Nicht jeden Tag passierte es Ruth, dass sie in eine tiefe Grube hinabgelassen wurde und dabei Gebeine zum Vorschein kamen.

Anscheinend diente das alles nur dazu, die Leiche zu entdecken. Die Welt sollte erfahren, wer der oder die Tote gewesen war. Was war hier vor langer Zeit geschehen?

Ruth wandte sich um und ging auf den Feuerwehrmann zu, der jetzt den ganzen Garten mit einem schwarz-gelben Signalband absperrte. Sie tippte ihm auf die Schulter. »Danke noch mal für alles.«

Der Mann nickte mit strahlenden blauen Augen unter dem Helm hervor.

»Da unten sind nicht nur Laras Glaskugeln«, sagte Ruth kaum hörbar.

»Ja?« Der Mann schaute gespannt in ihr Gesicht.

»Da unten... da unten liegt eine Leiche.« Ruth zeigte in die Grube. »Wirklich!« Ihre Stimme gewann an Kraft zurück, weil der Mann vor ihr mit keiner Wimper zuckte. Nur die blauen Augen verloren etwas von ihrem Glanz.

»Ich habe eine Leiche gesehen. Eher ein Gerippe; nein, man sagt ja wohl Gebeine, also Knochen. Ein Schädel war es auf alle Fälle.« Blöder Kerl. Sollte er mit der Information machen, was er wollte. Sie setzte sich nun doch zu Lara in den Krankenwagen.

»Mist«, hörte sie ihren Retter noch sagen und sah aus den Augenwinkeln, wie er das Handy zückte.

Schon nach wenigen Minuten tauchten die ersten Kriminalpolizisten und kurz darauf auch die Beamten von der Spurensicherung auf. Sie vergrößerten nach Rücksprache mit der Feuerwehr das Areal um die Grube. Kurze Zeit später erschien auch der diensthabende Rechtsmediziner vor Ort. Im weißen Overall steig er mittels einer Leiter in die Tiefe und ging auf Knochensuche.

In Windeseile hatte sich der rätselhafte Knochenfund herumgesprochen. In diesem Stadtteil von Leipzig kannten sich die Leute größtenteils noch. Von Großzschocher zog niemand einfach weg. Wenn, dann nur des Berufes oder der großen Liebe wegen. Oder er ging, wenn der Sensenmann rief.

Jetzt drängten sich Schaulustige am Zaun des Kindergartens. Dabei wurden junge Äste von Jasminbüschen erbarmungslos zur Seite gebogen, oder einfach weggeknickt. Das alles nur, um einen Blick auf das schleierhafte schwarze Loch zu erhaschen. Kaum etwas vom geschäftigen Treiben der Polizei und der

Feuerwehr entging den zahlreichen Schaulustigen.

Es war schon Mittag, als auch Jens Büchau an
diesem herrlichen Sommertag mit seinem
blauen BMW in die Bismarckstraße einbog. Es
wunderte den Kriminalkommissar nicht, dass
er vor dem Kindergarten nicht sofort einen
Parkplatz fand. Das war oft so, wenn er an
einem Tatort ankam. Aber handelte es sich
hier überhaupt um einen Tatort? Das war die
große Frage.

Büchau fuhr dennoch direkt vor das Gar-
tentor des Kindergartens, und er hatte Glück.
Es war gerade noch ein Plätzchen frei.

Als er ausstieg, ging ein Raunen durch die
Anwesenden. Ja, ein Kommissar konnte nicht
nur im Fernsehen gut aussehen. Büchau hielt
auf sich. Er fiel nicht in die Kategorie der
schmuddelten, geschiedenen Kommissare,
die im Leben nichts anderes kannten, als
Verbrecher zu jagen. Jedenfalls noch nicht.
Wegen der sommerlichen Temperaturen trug

er ein leichtes dunkelblau kariertes Sakko und wirkte wie ein Model aus einem Katalog für Herrenbekleidung.

Er schien stets ausgeglichen und fand auch noch Zeit für sein ungewöhnliches Hobby, denn er beschäftigte sich leidenschaftlich gern mit der Geschichte des Mittelalters.

Büchau schritt auf den Krater zu. Er fand die Ausmaße beträchtlich. Immer mehr Erde wurde behutsam abgetragen.

»Wo habt ihr die Knochen?« Büchau beugte sich über den Rand.

»Eingepackt und auf dem Weg ins Institut«, erklärte Ralf Schmidt, der Rechtsmediziner, ohne besondere Anteilnahme in der Stimme. Nichts schien ihn so schnell aus der Fassung zu bringen.

»Und?«

»Nichts und. Eine Menge loser Knochen haben wir geborgen. Mit reichlich Erde dran.« Schmidt zog die Stirn kraus. »Die müssen Jahre, wenn nicht gar Jahrzehnte hier gelegen haben. Mehr kann ich erst sagen, wenn wir den Fund untersucht haben.«

»Es ist unglaublich, wie tief das Mädchen gerutscht ist.« Büchau trat noch einen Schritt näher an den Krater heran und schüttelte den Kopf, als er die Tiefe erfasste. »Ein Wunder, dass nichts weiter passiert ist.«

Schmidt nickte. »Da hast Du recht.« Er kratzte sich am Hinterkopf und schien nachzudenken. »Wenn wir hier noch mehr Knochen finden, ist das Gelände vielleicht früher ein Friedhof gewesen.«

»Ein Friedhof?« Büchau zog die Stirn kraus.

»Frag doch mal ein paar von den Zuschauern.« Schmidt zwinkerte und nickte in Richtung Zaun. »Einige von denen sind so alt, die riechen selbst schon fast nach Erde. Die könnten was von früher wissen.«

Büchau grinste: »Das bekomme ich auch so heraus.«

Sein Handy klingelte. Er griff in die linke Innentasche seines Sakkos. »Ja, ich komme sofort.« Er legte auf. »Ich muss ins Kommissariat, Ralf. Heute ist ein verrückter Tag. Erst ein namenloser Knochenfund und nun eine Mordanzeige ohne Leiche.«

»Na, da bin ich mal wenigstens raus«, winkte Schmidt lächelnd ab.

Büchau gab noch einige Anweisungen an die Kripobeamten und fuhr dann in sein Büro.

»Wie kommen Sie denn darauf, dass es sich um einen Mord handelt?« Büchau blickte auf die junge Frau, die ihm am Schreibtisch gegenübersaß und Martina Klein hieß. Über zwei Stunden hatte diese schmächtige Person bereits auf ihn gewartet. Der entschlossene Blick der 25-Jährigen sagte ihm, dass sie es verdammt ernst meinte.

Büchau überflog die Anzeige, die Polizeihauptmeister Stelzner gemeinsam mit der jungen Frau ausgefüllt hatte. Wenigstens der Papierkram war bereits erledigt. Dann blickte er auf und wartete gespannt, was Frau Klein ihm zu sagen hatte.

Martina Klein hatte gewartet, bis er mit Lesen fertig war. Sie öffnete ihren Rucksack, der neben ihrem Stuhl am Boden stand, nahm die Geldbörse heraus und holte ein Bild hervor. »Das ist mein Großvater.«

Büchau betrachtete das Foto. »Ja, und?«

»Vor vier Tagen habe ich von Australien aus noch mit Opa Ronny gesprochen. Also, mein Großvater heißt Ronald Taschner. Steht ja dort.« Sie wies mit dem Zeigefinger auf die Papiere vor dem Kommissar. »Da war er noch quicklebendig. Heute wollte ich ihn kurz vor meiner Ankunft zu Hause anrufen«, plötzlich schluchzte sie, »da ging aber nur eine Pflegeschwester an das Telefon, die mich informierte, dass mein Großvater bereits vor drei Tagen verstorben ist.« Martina Klein schniefte. »Mein Großvater wusste aber doch, dass ich in wenigen Tagen wiederkommen und ihn nach meiner Rückkehr sofort besuchen würde…«

»Und weiter?« fragte Büchau nach einem Moment.

»Er freute sich auf meinen Besuch. Ich bin seine ganze Familie.« Sie lehnte sich zurück und schaute dem Kommissar fest ins Gesicht.

»Frau Klein! Wollen Sie mir sagen, dass Sie eine Mordanzeige aufgeben wollen, nur weil Ihr Großvater zufällig drei Tage vor ihrer Ankunft verstorben ist?« Büchau schüttelte den Kopf und lächelte nachsichtig. Für ihn zählten Fakten, oder zumindest begründete Verdachtsmomente. Das diffuse Gefühl einer Enkelin, für die der Opa drei Tage zu früh gestorben war, gehörte nicht dazu. Der Tod kommt oft unverhofft und wie ein Dieb in der Nacht. Büchau blickte ungeduldig auf die Uhr.

»Ich habe gewusst, dass Sie skeptisch sein werden.« Martina Klein schien keineswegs überrascht zu sein. »Aber haben Sie denn nie gehört, dass ein Sterbenskranker so lange mit dem letzten Atemzug wartet, bis er den Sohn oder die Geliebte noch einmal sehen kann?«

»Ich kann Ihnen da nicht helfen. Es wird doch einen ausgefüllten Totenschein geben, auf dem die Todesursache von einem Arzt eingetragen worden ist.«

In diesem Moment registrierte Büchau, dass ihre Augen sich zu kleinen Schlitzen formten. Im gleichen Moment sprang sie auch schon auf und schlug so heftig mit der Faust auf den Tisch, dass die Stifte in der Dose einen Ausflug in die Luft starteten. Büchau wich unwillkürlich zurück. Mit so einem heftigen Gefühlsausbruch hatte er nicht gerechnet.

»Ich merke, ich bin wieder in Deutschland. Stempel und Vorschriften, das ist alles, was zählt.« Sie blickte Büchau von oben bis unten an: »Dazu passt ja wohl auch bestens Ihr kleinkariertes Sakko.«

»Ich glaube, Sie gehen jetzt besser.« Er ließ sich nicht provozieren. Aber das mit dem Jackett hatte gesessen.

»Und ich bleibe dabei.« Die junge Frau verschränkte die Arme vor der Brust. Sie stand jetzt, und Büchau musste hochschauen. Das war er als großer Mann nicht gewöhnt, schon gar nicht, wenn es sich um eine Frau handelte.

Martina Klein rührte sich keinen Meter. »Außerdem haben die in dem Pflegeheim ziemlich bedeppert geguckt, als ich heute dort aufgetaucht bin. Das hat mich erst so richtig stutzig gemacht! Vielleicht hatten sie gar keine Ahnung, dass es mich gibt. Ich bin ja ein ganzes Jahr unterwegs gewesen und in der Zwischenzeit hatte es meinen Opa so schwer erwischt, dass er ins Pflegeheim musste.«

Martina erzählte weiter, dass sie für ein Jahr in Australien an einem *Work-and-Travel-Programm* teilgenommen hatte.

Büchau grauste es bei dem Gedanken, dass seine Tochter Annika mal auf ähnliche Ideen kommen würde. Dabei erinnerte er sich gut an seine eigenen Jugendträume. Auch er hatte den Wunsch gehabt, in ferne Länder zu reisen. Doch dann hatte er sein Studium begonnen.

»Was gedenken Sie, zu unternehmen?«, bohrte Martina Klein unerbittlich weiter. »Sie können ihn noch einmal untersuchen lassen? Dann wüsste ich genau, dass er eines natürlichen Todes gestorben ist. Vielleicht haben die Pfleger auch Fehler gemacht und wollen alles vertuschen?«

Junge, Junge, dachte Büchau. Die ist wie meine Annika. Wenn die sich was in den Kopf gesetzt hat, kann sie stur ohne Ende sein.

Dabei befand sich seine Tochter noch in der Pubertät. Da konnte man vielleicht ein Auge zudrücken. Aber diese junge Frau hier? Es imponierte ihm, wie sie für ihren Opa eintrat. Sie liebte ihren Großvater, das spürte Büchau deutlich.

»Also, versprechen kann ich nichts.«

Martina Klein löste langsam ihre Arme. Ein Hoffnungsschimmer lag auf ihrem zarten Gesicht. »Ja?«

»Ich werde mir die Unterlagen über Ihren Opa schicken lassen.« Büchau blickte auf das Formular. Die Seniorenresidenz befand sich in Gohlis. »Oder noch besser, ich fahre da hin. Stelle ich nichts Unrechtes fest, werden Sie sich damit abfinden müssen, dass Sie zu spät aus *Down Under* zurückgekommen sind.«

Martina Klein antwortete mit einem knappen O.K. Sie hätte ebenso sagen können: Na geht doch.

Als hätte es ihren Gefühlsausbruch nicht gegeben, schnürte sie in aller Ruhe den Rucksack zu. Mit Schwung landete er über ihrer Schulter und drohte, sie nach hinten zu ziehen. Dann drehte sie sich zur Tür und wandte sich, die Klinke noch in der Hand, mit einem Lächeln um: »So schlecht steht Ihnen das karierte Jackett gar nicht, Herr Kommissar.« Und schon fiel die Tür ins Schloss.

Sollte das jetzt doch noch ein Dank sein? Büchau lächelte. Noch ahnte er nicht, was da auf ihn zukommen sollte.

Als Büchau am Nachmittag des folgenden Tages den Laptop ausschalten wollte, weil er Feierabend zu machen gedachte, heulten bizarre Mundharmonikaklänge auf: *Spiel mir das Lied vom Tod.* Büchau wusste, dass am anderen Ende des Telefons nur Schmidt sein konnte. Büchau nahm sofort ab, hörte zu und versprach ihm, sofort zu kommen.

Gespannt fuhr Büchau in die Rechtsmedizin. Nach kurzem Nicken des Pförtners öffnete sich die Zugangstür zu dem Gebäude. Im Erdgeschoss lief er nach links in den Gang über graues Fließen bis er Schmidts Raum erreichte. Mit einem Eukalyptusbonbon im Mund öffnete er die Tür.

Unsichtbare Duftmarken nach süßlichem Moschus und altem Fleisch empfingen ihn und stachen in seine empfindlichen Nasenschleimhäute. Darum gingen Büchau auch die Bonbons niemals aus. Das half, hatte allerdings den Nachteil, dass er nirgends einen Kräutertee trinken konnte, ohne an diesen Leichengeruch zu denken.

Aber es gab Schlimmeres.

Die Knochen hatte Schmidt tatsächlich zu einem fast vollständigen Skelett auf dem Seziertisch anordnen können.

»Na, erzähl!« Büchau stellte sich breitbeinig und hatte damit einen festen Stand.

»Es ist eine Frau. Hier schau.« Schmidt zeigte auf die Körpermitte. »Du siehst es deutlich am Becken. Beim Mann liegen das Darmbein und Sitzbein höher und enger zusammen.« Schmidt bewegte sich an das Kopfende. »Auch der Schädel weist auf eine Frau hin.«

»Und, wie alt ist jetzt diese Missis X?« Büchau wickelte ein neues Bonbon aus.

»Älter als du und ich zusammen. Das ist kein frisches Skelett.« Schmidt wies darauf hin, dass die Archäologen sich umgehend mit den Knochen beschäftigen würden und sicher bald Genaueres sagen konnten.

»Das ist alles? Du hattest mir noch eine Überraschung versprochen.« Büchau schaute sich suchend um, sah aber nichts.

»Komm mit«, winkte Schmidt und deutete auf seinen Schreibtisch.

In einer Sezierschale auf dem Tisch lag ein kleiner Kettenanhänger.

»Oh«, kommentierte Büchau entzückt.

»Das habe ich mir gedacht«, schmunzelte Schmidt. »Es ist ein Schmuckstück mit alten Zeichen darauf. Du bist doch der Spezi auf diesem Gebiet.«

Büchau trat etwas näher. Mit einer Pinzette drehte er das Kleinod aus vergangenen Zeiten hin und her. Schmidt tippte ihm auf die Schulter. »Ich habe das Amulett von beiden Seiten im Computer eingescannt, damit du es besser betrachten kannst.«

Büchau konnte sich von dem Anblick des Originals kaum losreißen.

»Übrigens, die Bilddateien habe ich dir schon per E-Mail gesendet.« Schmidt wusste in der Tat, wie er ihm eine Freude machen konnte.

»Ja, der Anhänger ist etwas Besonderes. Siehst du hier?« Büchaus Zeigefinger umkreiste die Mitte der abgerundeten, silbernen Platte, die wie eine alte Münze aussah. Auf der Vorderseite drehte sich eine Spirale um einen schwarzen Stein. Interessanter fand er jedoch die Schriftzeichen auf der Rückseite. Es schien sich um einen Namen zu handeln. Die beiden Männer saßen gebannt vor dem Bildschirm.

»Du hast die Scans alle per E-Mail an mich gesendet?«

»Ja.« Schmidt nickte lächelnd.

»Na gut, dann mache ich jetzt Feierabend.« Plötzlich hatte es Büchau eilig.

Zu Hause fand er einen Zettel auf dem Küchentisch, der ihm einen freien Abend bescherte. Seine Tochter und seine Frau wollten sich einen neuen Film im Kino ansehen. Das kam ihm sehr gelegen. Schon wenig später flimmerten die Bilder des Anhängers über den Monitor.

Was bedeuteten die eingravierten Zeichen und was konnten sie über seine Trägerin erzählen? Wer war die Skelett-Frau? Und aus welcher Zeit könnte der Anhänger stammen? Mittelalter?

Als erstes stellte Büchau per E-Mail eine Anfrage an den Pfarrer der Apostelkirche in

Großzschocher. Außerdem gab es noch die Heimatstube, auch dort mailte er Schmidts Abbildungen hin.

Auf verschiedenen Internetseiten fand er eine Fülle von ausführlichen Informationen. Seine Gedanken überschlugen sich, die Finger huschten über die Tasten. Das Jagdfieber hielt ihn vor dem Computer fest, und die Zeit verging dabei wie im Flug.

Büchau schob nichts gern auf die lange Bank. Deshalb stand er schon am nächsten Morgen am Empfang der Seniorenresidenz *Spätsommer*. Er hatte sich überlegt, wie er den Anschuldigungen von Frau Klein unauffällig auf den Grund gehen konnte.

»Wen wollen Sie besuchen?« Die Dame am Tresen lächelte.

Büchau lächelte zurück: »Am besten die Chefin des Hauses, Frau Rudolf.« Er hatte gegoogelt und sich informiert.

»Wenn es um die Anmeldung für einen Pflegeplatz geht, gebe ich Ihnen am besten einen Beratungstermin.« Die Frau war ganz in ihrem Element.

Büchau wollte gerade etwas erwidern, als die Rezeptionskraft auch schon ein paar Formulare auf den Tisch legte. »Geht es um Ihre Mutter oder den Vater?«

»Um meine Mutter. Doch bevor ich sie hier anmelde, wollte ich mir ihr Haus natürlich ansehen.« Büchau ließ nicht locker.

»Ich melde Sie gleich bei der Chefin an.«

Der Vorzimmerlöwe ließ ihn passieren. Frau Rudolf empfing den vermeintlich neuen Kunden mit einem breiten Lächeln.

Büchau schätzte die Geschäftsführerin auf Ende Vierzig. Dezent geschminkt und mit ihrer hochgeschlossenen Bluse sah sie für ihn wie eine typische Buchhalterin aus. Sie erhob sich bei seinem Eintreten von ihrem Schreibtisch und lud ihn mit einer Handbewegung ein, auf der modernen Ledersitzgarnitur am Fenster Platz zu nehmen.

»Was kann ich für Sie tun?« Die Worte der Leiterin klangen überaus freundlich, aber es fehlte die Wärme in ihrer Stimme. Sie schlug die Beine übereinander.

»Ich möchte gern meine Mutter hier anmelden. Deshalb würde ich mir vorher alles anschauen wollen.«

»Natürlich sehr gern. Sie wissen aber auch, dass ein Heimplatz bei uns nicht ganz preiswert ist?« Frau Rudolf taxierte ihn von oben bis unten. »Eine exklusive Fürsorge hat ihren Preis.«

Büchau ignorierte den abwägenden Blick. »Das ist wirklich kein Problem. Meine Mutter hat vor ihrem Renteneintritt als Beamtin im öffentlichen Dienst gearbeitet. Wir könnten die Miete vorab für drei Jahre als Sicherheit hinterlegen, wenn es Ihnen recht ist.« Büchau hatte seinen Köder ausgeworfen. Er sah, wie die Augenbrauen von Frau Rudolf leicht zuckten. Die Bilanz schien zu stimmen. Er setzte noch eins drauf: »Wenn Sie das allerdings nicht wollen…«

»Nein, das ist schon in Ordnung.« Die Heimleiterin schien einen Moment zu überlegen und blickte auf die Uhr. »Wenn Sie Zeit mitgebracht haben, kann ich Ihnen gleich einen informativen Rundgang anbieten, denn ab morgen bin ich für ein paar Tage im Urlaub.«

»Ja gern. Das ist sehr freundlich.« Er ließ seine braunen Augen strahlen.

Frau Rudolf zeigte ihm die Gemeinschaftsräume sowie zwei Zimmer, deren Bewohner gerade nicht anwesend waren, und verwies dabei auf die gehobene Ausstattung. Fast eine Stunde säuselte sie Büchau zu. Er scannte in Gedanken alles, was er sah. Dabei dachte er immer wieder an Frau Kleins Vorwürfe.

Als nächstes stellte die Leiterin ihm die Pflegekräfte vor. Büchau merkte sich zwei Namen, registrierte ihre Zuständigkeiten für die jeweilige Station und blickte diese Damen ganz besonders charmant an.

Als der Rundgang am Empfang endete, stellte er unvermittelt fest: »Wie ich gesehen habe, sind Sie jedoch ausgebucht.«

»Ja.« Frau Rudolf lächelte süßsauer. »Aber manchmal wird schneller ein Zimmer frei, als man denkt.«

Büchau dachte an Frau Klein. »Ich will meine Mutter schon in den nächsten Wochen unterbringen.«

»In den nächsten Wochen kann viel passieren. In anderen Heimen bekommen Sie von heute auf morgen auch kein Zimmer. Wenn es jedoch akut wird, finden wir immer eine Lösung.«

Konnte die Heimleiterin hellsehen?

»Akut und Lösung, wie meinen Sie das?«

»Wir haben für Privatpatienten aus dem Krankenhaus Reservebetten. Diese Patienten bleiben nur zur Kurzzeitpflege für maximal einen Monat. Dann müssten wir eben vorerst so ein Zimmer belegen.«

»Das klingt sehr gut. Ich bin angenehm überrascht über die Ausstattung der Zimmer. Ihr Personal macht einen sehr professionellen Eindruck.« Büchau schmeichelte und Frau Rudolf lächelte.

Kaum wieder im Büro angekommen, rief er im Gesundheitsamt an. Mit umfangreichen Informationen über die Sterblichkeitsraten in den Heimen der Stadt fuhr er einen Tag später erneut in das Seniorenheim.

»Die Chefin ist leider nicht da«, gab ihm die Empfangsdame Bescheid.

»Das ist nicht so schlimm. Ich habe nur noch zwei, drei Fragen. Frau Rudolf meinte, ich könnte mich jederzeit an Frau Mecklin wenden.« Frau Mecklin war Oberschwester und die Chefin von Station 2. Dort war Frau Kleins Opa gestorben.

Büchau sah, wie die Sekretärin überlegte. Dann gab sie sich einen Ruck und meldete ihn an.

Frau Mecklin genoss es sichtlich mit dem Kommissar sprechen zu können.

»Was kann ich für Sie tun?«

»Es ist außerordentlich nett, dass Sie sich Zeit für mich nehmen. Weiß ich doch, wie vollgepackt Ihr Arbeitstag ist.«

Das schien der Oberschwester zu gefallen. Mit einem breiten Lächeln bat sie Büchau, neben ihrem Schreibtisch Platz zu nehmen.

»Ich habe ganz vergessen, Frau Rudolf noch einige Fragen zu stellen.« Er holte sein Schwiegersohnlächeln hervor und setzte sich. »Welche Möbel kann meine Mutter mitnehmen, wenn sie hier einzieht?«

»Was sie will natürlich, soweit es in das Zimmer passt. Nur wegen eventueller Holzwürmer sollten sie nicht sein.« Dabei kniff ein Auge zu.

Langsam näherte Büchau sich dem Thema, welches er eigentlich abklären wollte. »Frau Mecklin, ich werde demnächst für lange Zeit geschäftlich im Ausland weilen. Nur für den schlimmsten Fall: Wenn meine Mutter stirbt, sorgen Sie dann für das Begräbnis?«

Frau Mecklin lächelte leicht. » Herr Frank, unser Doktor, der hier die Residenz betreut, kommt täglich. Er steht den Patienten bei Bedarf sowohl tags als auch nachts zur Verfügung, und er bleibt bis zu ihrem letzten

Atemzug, wenn das gewünscht wird. Wenn Sie wollen, organisieren wir danach auch das gesamte Begräbnis über unseren Bestatter, den Herrn Schneider. Er ist sehr zuverlässig. Aber hoffen wir doch, dass Ihre Mutter noch recht lange lebt.«

»Ja, aber natürlich. Das wünsche ich mir am meisten.« Büchau kannte nun den Arzt und den Bestatter. Damit konnte er eine ganze Menge anfangen.

»Versterben hier im Haus oft Menschen?«

Die Stationschefin runzelte die Stirn. Dachte sie nach, oder wollte sie nicht antworten?

»Meist ziehen die Leute eher aus«, sagte sie. »Das Geld geht manchmal schneller zu Ende, als geplant. Vor allem dann, wenn die Pflegekasse der höheren Pflegestufe nicht zustimmt. Oft müssen dann die Heilmittel selbst bezahlt werden.« Frau Mecklin zuckte die Schultern. »Die Leute verlassen dann unsere Residenz und sterben aufgrund dessen auch woanders.«

»Wo ziehen die Bewohner denn hin?«

»Das weiß ich nicht. Jedenfalls dorthin, wo es günstiger ist.« Plötzlich surrte der Notrufsummer der Krankenschwester und sie griff in die rechte Tasche ihres Schwesternkittels. »Ich muss ...«

Büchau nickte mit verständnisvollem Blick und verabschiedete sich von Frau Mecklin, die es nun sichtlich eilig hatte.

Am späten Nachmittag heulte wieder *Das Lied vom Tod* auf.

Hatte Büchau bisher das Rätsel um den geheimnisvollen Kettenanhänger nicht lösen können, so hoffte er jetzt auf mehr Informationen über die Tote zu erhalten.

»Stell`dir vor, unsere 'Skelett-Frau' ist 350 bis 400 Jahre alt, sagen die Archäologen der Uni.« Schmidt machte eine Pause, ehe er fortfuhr: »Die moderne Technik macht es möglich, das Alter relativ genau festzustellen. Und sie muss um die Vierzig gewesen sein, als sie starb.«

Gut, dachte Büchau. Somit hatte er keinen aktuellen Fall an der Backe.

Am nächsten Tag widmete sich Büchau erneut dem zu früh verstorbenen Opa von Frau Klein.

Der Bestatter war schon seit einer Woche im Urlaub. Auf Büchaus Nachfrage, ob es eine Vertretung gäbe, antwortete die Sekretärin, dass er sich gern an Herrn Kowalski wenden könne.

Dieser war ein korpulenter Mann, dem das Lächeln verging, als Büchau ihm seinen Ausweis zeigte.

»Was kann ich für Sie tun?«

»Ich möchte Sie zur Bestattung des vor einigen Tagen verstorbenen Ronald Taschner befragen.« Büchau sah, wie sein Gegenüber die Augenbrauen hob.

»Ist Ihnen bei dem Toten irgendetwas aufgefallen? Was stand denn auf dem Totenschein?«

Kowalskis Antwort klang ungehalten: »Da habe ich im Vertretungsfall eine Beerdigung, und dann gibt es auch noch Ärger.«

Er schlurfte ins Büro und griff nach einem Ordner. Aus den säuberlich abgehefteten Unterlagen entnahm er eine Kopie des Totenscheines.

»Herzversagen – steht hier.« Er tippte auf das Formular, ehe er weitersprach. »Ich habe ihn im Pflegeheim abgeholt. Da war er schon seit drei Stunden tot gewesen und auch nicht zurechtgemacht«, stellte Kowalski sachlich fest.

Büchau verstand nicht: »Wie meinen Sie das?«

»Wenn Verwandte kommen, werden die Hände schön aufeinandergelegt, oder eine Blume oder Kerze am Bett aufgestellt, damit jemand Abschied nehmen kann.«

»Aha. Ist Ihnen sonst etwas aufgefallen?«

»Ich bin ja kein Arzt. Aber er lag nicht so da, als sei er im Schlaf gestorben. Ich fragte die Schwester, ob sie ihn gedreht hätten.«

»Und was hat da die Schwester gesagt?«
Büchau sah Oberschwester Mecklin vor sich.

»Sie sagte, sie hätten ihn nicht bewegt. Sie mache sich nicht die Hände schmutzig, dafür gäbe es schließlich die Bestatter. Womöglich sei es der Arzt gewesen, der den Totenschein ausgestellt hatte.«

»Gab es noch etwas?«

»Nun ja, erst sollte alles schnell gehen, verbrennen und fertig«, Kowalski schüttelte den den Kopf, »aber dann tauchte eine Frau Klein plötzlich hier auf und wollte ihren Opa sehen. Da musste ich den Mann doch noch herrichten. Das hat der Oberschwester gar nicht gepasst, als sie davon erfuhr.«

Büchaus Zweifel an einem natürlichen Tod des Herrn Taschner wuchsen: »Gut. Ich werde eine Obduktion veranlassen.«

»Und wer bezahlt mir meine ganzen Aufwendungen? Ich habe es nicht so gut wie der Schneider. Der bekommt alle naselang einen Auftrag aus dem Heim zugeschanzt!«

»Reichen Sie Ihre Auslagen ein. Das wird kein Problem sein.« Büchau griff zum Telefon und organisierte die Abholung von Ronald Taschner. Sollte Frau Klein doch recht haben? Noch war es nur eine Ahnung, allein die Beweise fehlten.

Büchau rief im Anschluss Frau Klein an. Ob ihr Opa vermögend gewesen sei, wollte er wissen.

Sie wunderte sich zwar über die Frage und antwortete: »Als Ingenieur hat Opa immer gut verdient. Er hat mich hin und wieder mit einer kleinen Finanzspritze unterstützt.« Sie nannte Büchau noch die Kontonummer und die Bankleitzahl.

Die Nachforschungen ergaben, dass Kleins Opa tatsächlich recht vermögend gewesen war. Allerdings war der Kontostand kurz vor seinem Tod fast gegen Null gegangen.

Daraufhin besorgte sich Büchau einen Durchsuchungsbeschluss und nahm zwei Kollegen aus seinem Team mit in das Pflegeheim. An der Rezeption verhinderten sie als erstes, dass die Empfangsdame noch irgendwelche Anrufe tätigen konnte. Dann begannen die Kollegen Computer und Akten einzupacken.

Büchau eilte indes zur Station 2. Dort empfing ihn die ahnungslose Frau Mecklin zwar verwundert, aber mit einem Lächeln und wirkte auch noch erstaunlich ruhig, als er seinen Dienstausweis zückte.

»Frau Mecklin, Sie sind vorläufig wegen des Verdachtes auf vorsätzliche Tötung festgenommen. Außerdem wird Ihnen Veruntreuung und Kontenmissbrauch gegenüber ihren Heimbewohnern vorgeworfen.«

»Können Sie das auch beweisen?« Sie klang schnippisch.

»Da machen Sie sich mal keine Sorgen!« Ein kurzer Blick von Büchau genügte und sein Kollege legte ihr die Handschellen an. Die Schwester warf den Kopf in den Nacken und ließ sich abführen.

Drei Tage später fuhr Büchau mit Stelzner zum Flughafen. In drei Stunden würde die

Maschine mit Frau Rudolf landen. Er freute sich schon, wenn er ihr den Haftbefehl unter die Nase halten konnte, vorausgesetzt sie kam wieder.

Und sie kam wieder.

»Frau Rudolf, hatten Sie einen schönen Urlaub?«

Die Heimleiterin nickte erschrocken. Ihre Finger umschlossen krampfhaft den Griff des Rollkoffers.

»Es wird für Sie der letzte Urlaub für lange Zeit gewesen sein. Dafür haben Sie ab jetzt freie Kost und Logis hinter Gittern.« Er belehrte sie über ihre Rechte und befand, dass die silberfarbenen Handschellen auf der gebräunten Haut sehr gut zur Geltung kamen.

»Sie kleiner, mieser... « Doch dann brach Frau Rudolf ab. »Ich will meinen Anwalt sprechen.«

»Aber sicher doch. Alles zu seiner Zeit.« Büchau lächelte, ohne die Zähne zu zeigen.

Seine Kollegen hatten im Vorfeld die Sterbefälle in der Seniorenresidenz aus den vergangenen Jahren prüfen lassen. Dabei war Verblüffendes zu Tage getreten.

Alle Heimbewohner waren mit einem guten Sparpolster in ihre neue Unterkunft gezogen. Am Lebensende waren die Konten der Verblichenen fast leer. Das konnte kein Zufall sein.

Die Kollegen hatten schnell ermittelt, welchen Weg das Geld der gut betuchten Rentner genommen hatte. Wie dies im Einzelnen alles ablief, musste noch herausgefunden werden.

Frau Rudolf saß in Untersuchungshaft und blieb es auch weiterhin. Daran konnte selbst ihr Anwalt nichts ändern, denn es bestand hohe Fluchtgefahr, zumal die Kollegen in den Unterlagen gut gefüllte geheime Konten in der Schweiz und auf den Malediven gefunden hatten.

Jetzt galt es, den Anteil jedes Beteiligten an den Verbrechen festzustellen. Wann hatte es angefangen? Wie viele Patienten waren unfreiwillig in dieser Einrichtung verschieden?

Das würde noch viel Zeit in Anspruch nehmen. Es sei denn, eine der beiden Damen packte aus.

Am Abend zeigte das Display auf dem Computer von Büchau eine Mitteilung in der E-Mail-App an. Sein Herz hüpfte vor Freude. Post! Mit einem Klick öffnete sich eine Nachricht von *1a.genealogy.net*.

Gebannt las er die Zeilen.

Nach Auskunft der Agentur stellten die geheimen Zeichen auf dem Anhänger den Schriftzug eines früheren Adelsgeschlechtes dar. Die Familie hieß Suster und hatte damals um 1550 am Rande von Großzschocher gelebt.

Büchau hätte sich zufriedengeben können, denn das Skelett aus dem Kindergarten war kein Fall für ihn. Die Herkunft war geklärt. Aber die Geschichte ließ ihn einfach nicht los.

Vielleicht gab es noch weitere Auskünfte über den Werdegang der Susters. Büchau hoffte, den Lebensweg der Familie bis in die Gegenwart verfolgen zu können.

Am nächsten Morgen schien die Sonne direkt auf Büchaus Schreibtisch. Dieser Freitag versprach, schön zu werden. Er setzte sich mit einem Kaffee und las am Computer alle eingepflegten Fakten in Ronald Taschners Akte. Nach dem bisherigen Stand der Dinge waren der Arzt und der Bestatter nicht an den Machenschaften beteiligt. Die beiden Frauen hatten mit hoher Wahrscheinlichkeit allein agiert. Das schwächste Glied des weiblichen Verbrecherduos sah er in der Oberschwester Mecklin.

Büchaus Blick blieb an ihrer Wohnadresse hängen: 04249 Leipzig, Barbussestraße. Das war doch fast in der Nähe, wo sie die Skelett–Frau gefunden hatten. Was für ein Zufall.

Er beschloss, die Oberschwester als Erste zu verhören.

Bei seinem Eintreffen, saß sie schon am Tisch im Vernehmungsraum. Nervös ließ sie

65

ein weißes Taschentuch durch ihre Finger gleiten. Die Samthandschuhe hatte Büchau in seinem Büro gelassen.

»Na, dann reden Sie mal, Frau Mecklin. Nur das kann Sie noch vor einer sehr langen Haftstrafe bewahren.«

»Sie machen wohl Witze? Was wollen Sie eigentlich von mir?« Das Taschentuch glitt schneller durch die Finger.

»Frau Mecklin, wir haben viele Indizien, die sicher für eine Verurteilung ausreichen würden. Der Weg des Geldes verrät alles.« Büchau blätterte in der Akte. »Eines will ich Ihnen vorab sagen.«

Frau Mecklin hob die Augenbrauen.

»Ihre Chefin hat einen der besten Anwälte für sich verpflichtet. Sie wird versuchen alle Schuld von sich zu weisen und sie die Konsequenzen alleine zu tragen lassen.« Büchaus zeigte mit dem Finger auf sie.

»Sie wollen mir nur Angst machen.«

»Glauben Sie doch, was Sie wollen. Nur damit Sie Bescheid wissen, die erst kürzlich verstorbenen Heimbewohner werden exhumiert und dann untersucht. Sie können sicher sein, dass unsere Spezialisten alles finden.« Mit diesen Worten schlug er die Akte zu.

»Was springt für mich heraus, wenn ich eine Aussage mache?«

Na also. Die Mecklin war nicht dumm. Büchau machte sie glauben, dass er sich für sie einsetzen würde. Er brauchte ihre Aussage, denn damit würde er auch die Leiterin des Seniorenheimes festnageln können.

Büchau stellte das Aufnahmegerät an.

Was er dann erfuhr, verschlug ihm glatt den Atem. Unglaublich. Büchau stellten sich die Nackenhaare hoch.

Leidenschaftslos erzählte die Frau, dass sie Krankenschwester aus Berufung sei. Ohne Erregung in der Stimme schilderte sie, wie ihr Abstieg zur Mörderin begonnen hatte. Vor Jahren war ein Herr Schubert in die Residenz gezogen, der kurz darauf sehr schwer krank wurde. Er hatte Nierenkrebs gehabt und ihr sein ganzes Vermögen versprochen, wenn sie ihn von den Schmerzen erlösen könnte. Sie hatte mit sich gerungen, doch als es ihm immer schlechter gegangen war, hatte sie eingewilligt und war zur Tat geschritten. Da der alte Mann zudem an Diabetes litt, und regelmäßig gespritzt werden musste, war es einfach für sie gewesen, ihn mit einer Luftspritze zu töten. Bei der Testamentseröffnung war sie dann die einzige Begünstigte gewesen. Der Verstorbene hatte Wort gehalten, und sie erbte 65.000 Euro.

Endlich hatte sie sich etwas leisten können, sie war in eine schönere Wohnung gezogen, fuhr von da an ein neues Auto und genoss es, ihre Kleidung in Boutiquen aussuchen.

Als Nächstes kam Herr Meisner an die Reihe. Als der alte Mann immer dementer wurde, hatte sie sein Geld einfach mittels Kontokarte abgehoben und sich somit ein schönes Sümmchen genehmigt. Geerbt. Vorweg sozusagen.

»Hat denn niemand etwas gemerkt?« fragte Büchau dazwischen.

»Nein, wieso?« Die ehemalige Krankenschwester erklärte weiter, die Leute seien schließlich alt und krank gewesen. Über die Jahre hinweg war es doch nur logisch, dass sie starben. Dumm sei nur gewesen, dass die Rudolf dahintergekommen war. Wie, das wisse sie bis heute nicht. Sie drohte ihr, alles auffliegen zu lassen, wenn sie nicht teilen würden. Von da an wurden alleinstehende vermögende Herren oder Damen ausgenommen wie Weihnachtsgänse. Nur wer fürsorgliche Verwandte oder Bekannte hatte, hatte eine Art Lebensversicherung.

»Und Ronald Taschner?« hakte Büchau nach.

»Der hätte bloß seine Klappe halten sollen. Er war eigentlich noch nicht dran.«

Mein Gott, wie abgebrüht, dachte Büchau.

»Als Taschner zu uns in die Seniorenresidenz einzog, bekam er schnell mit, dass drei Todesfälle in einem halben Jahr zu viel waren, zumal die Leute bis kurz vor ihrem Tod immer ganz munter zum Kaffee am Tisch gesessen hatten. Mein mehrmaliges Drängen nach der Unterschrift auf der Generalvollmacht musste ihn endgültig stutzig gemacht haben.«

Büchau sah die geballte Faust der Mecklin, während sie weitererzählte: »Er unterschrieb einfach nicht. Dabei hatte ich schon Geld von seinem Konto abgehoben.«

Nichts deutete für den Kommissar darauf hin, dass sie auch nur ansatzweise ihre Taten bereute. Wahrscheinlich dachte sie nur daran, dass sie alles verloren hatte.

»Dieser Taschner drohte die Polizei anrufen und wollte mich verpfeifen. Was sollte ich machen? Auch die Rudolf drängte mich zum Handeln. Da habe ich ihm die Spritze verpasst.«

Klein und eingefallen saß sie jetzt vor ihm, wirkte alt und verbraucht.

Büchau schüttelte den Kopf. Unglaublich mit welcher Kaltschnäuzigkeit die zwei vorgegangen waren. Hätte es Frau Klein nicht gegeben, hätte das Mörderduo ihr *Geschäft* ohne jegliche Skrupel immer weiter betrieben. Büchau ließ die Mecklin in ihre Zelle bringen.

Nach diesem umfassenden Geständnis griff Büchau zum Handy und rief Frau Klein an. »Ich muss mich bei Ihnen bedanken. Durch Ihre Beharrlichkeit haben Sie wahrscheinlich vielen Heiminsassen das Leben gerettet, auch wenn für Ihren Opa jede Hilfe zu spät kam.« Während er diese Worte sprach, schluchzte es am anderen Ende der Leitung.

Zurück im Büro schaute Büchau in seine Emails. Wieder eine ungelesene Nachricht von *1a.genealogy.net* wartete auf ihn. Antwort auf seine historischen Fragen?

Voller Spannung las Büchau, dass die Familie Suster am Rande von Großzschocher gelebt hatte. Gut, das wusste er schon. Die Familie wurde in der Ortschronik erwähnt, weil sie viel für die Kirche gespendet hatte. Der Chronik nach sollten sie ein Findelkind aufgezogen haben. Böse Zungen hatten damals behauptet, dass es das Baby aus der Totengräberfamilie von Großzschocher gewesen sei, deren Mitglieder aufgrund ihres Tuns alle hingerichtet worden waren. Es wurde gemunkelt, dass vor der Ergreifung der gesamten Sippschaft, die jüngste Tochter der Familie hochschwanger war. Bei der Festnahme der jungen Frau fand man dann jedoch kein Neugeborenes. Wahrscheinlich hatte sie vorher heimlich entbunden und das Findelkind bei den Susters vor die Tür gelegt.

Das Findelkind erhielt den Namen Mechthild. Es hatte Bildung und Erziehung in der wohlhabenden Familie genossen, später den reichen Kaufmann Gottlieb Mecklin geheiratet und einen Sohn bekommen.

Büchau klappte die Kinnlade runter. Er las den Text zweimal. Mecklin? So viele konnte es doch mit diesem Namen nicht geben?

Er spürte, wie sein Puls höherschlug. Gab es vielleicht eine Verbindung…? Das würde er auch noch herausbekommen. Viele alte Kirchenbücher lagen heute schon als Mikrofilm vor. Wenn er Glück hatte, würde sich der Weg dieses Familienzweiges weiterverfolgen lassen.

Drei Wochen später hatte Büchau Klarheit. Als Schmidt nach einer Obduktion zu ihm ins Büro kam, um ihm davon erste Ergebnisse mitzuteilen, hörte Büchau nur mit einem Ohr hin. Er konnte das später alles nachlesen.

»Du wirst es nicht glauben«, empfing er Schmidt enthusiastisch und bugsierte ihn an den Besprechungstisch.

»Stell dir vor, unsere Skelett-Frau stammt aus der Gegend, wo sie gefunden wurde: aus Großzschocher. Die Familie ist tatsächlich dort seit Jahrhunderten ansässig.« Büchau blickte in das erstaunte Gesicht von Schmidt.

»Was du nicht sagst.«

Büchau erzählte, was er herausgefunden hatte: Vom Findelkind aus der mörderischen Totengräberfamilie bis hin zur mörderischen Krankenschwester heute.

Als er geendet hatte, wollte Schmidt wissen: »Wieso hatte die Skelett-Frau, also jene Mechthild, den Kettenanhänger mit ihren Initialen auf der Rückseite bei sich?«

»Wahrscheinlich war es ein Amulett, das sie vor bösen Einflüssen schützen sollte. Nach dem damaligen Glauben galt ein Kind von einer zum Tode Verurteilten, als eine *Teufels-geburt*.« Büchau erzählte weiter, dass die Familie Suster viel für die Kirche gespendet hatte, wenn es etwas zu erneuern oder zu reparieren gegeben hatte. Vielleicht sollte Gott gnädig gestimmt werden, damit Mecht-hild nicht nach ihrem Tod in der Hölle schmo-ren müsse. Trotzdem muss man sie damals außerhalb des Friedhofes begraben haben, eben dort, wo sie gefunden wurde.

Schmidt seufzte. »Selbst wenn die dunkle Seite erst nach Jahrhunderten wieder zum Vorschein kommt - Gene können keine Recht-fertigung für Verbrechen sein und niemand wird als Mörder geboren.« Schmidt stieß

Büchau an: »Früher hätte man die Mecklin wohl als Hexe verbrannt.«

»Stimmt.«, sagte Büchau. »Das musst sie heute nicht mehr befürchten. Sie bekommt lebenslänglich und hoffentlich kommt sie nie mehr raus.«

Zwei linke Schuhe

»Verdammt!«, fluchte Sven Leithold.

Schaulustige behinderten die Fahrt in der Friedrichstraße bis zum Bürgergarten.

»Döbeln ist eine Kleinstadt. Da spricht sich schnell herum, wenn etwas passiert«, sagte Oliver Ebber und blickte seinen neuen Chef schräg von der Seite an.

Seit dieser junge Kriminalhauptkommissar das Revier übernommen hatte, schwang in jeder Antwort immer ein belehrender Unterton seitens Ebber mit. Obwohl Leithold stets freundlich war und korrekt verhielt, konnte er sich nicht mit ihm anfreunden. Ebber hatte ganz fest damit gerechnet, das Revier nach der Pensionierung seines Chefs übernehmen zu können. Er war schließlich von hier, ganz zu schweigen davon, dass er auf mehr sehr erfolgreiche Dienstjahre verweisen konnte.

Leithold bremste vor der weiträumigen Absperrung und hielt neben dem gerade eingetroffenen Notarztwagen.

Der kleine Weg, der rechts vom Parkplatz abging, führte Leithold direkt zu der alten Eiche. Leithold blinzelte. Die Abendsonne schickte mit letzter Kraft ihre Strahlen durch die weitausladenden Äste des imposanten Baumes.

Da saß Frau Krüger, die die Polizei gerufen hatte, wie verabredet auf der Holzbank. Sie hielt das kleine Mädchen schützend in ihren Armen und summte leise eine Kindermelodie. Die Kleine schaute apathisch vor sich hin. Über dem halb zerrissenen T-Shirt hielt sie einen kleinen Plüschdalmatiner fest an sich gepresst. Aus den Hosenbeinen der stark verschmutzten und nur dürftig hochgezogenen Jeans schauten zwei zerschrammte Füßchen hervor. An dem linken Bein fehlte der Schuh. Blonde Locken hingen ihr wirr ins Gesicht. Das Mädchen stierte vor sich hin, schien in eine unerreichbare Ferne abgetaucht zu sein. Ohne jede Regung ließ es sich vom Notarzt auf die Trage heben.

Leithold presste vor Wut die Lippen aufeinander.

»Sie müssen dieses Scheusal fassen, Herr Kommissar!« Frau Krüger sprach mit einer waagerechten Handbewegung in Richtung Hals ihr Urteil.

Leithold holte tief Luft. Scheusal? Das war noch zu milde ausgedrückt. Er blickte um sich. Der Erkennungsdienst suchte das Areal nach Spuren ab. Ebber befragte die Passanten eifrig nach Auffälligem. Da dies noch eine Weile dauern konnte, würde Ebber sich später von den Kollegen im Revier absetzen lassen können. So konnte Leithold noch ins Krankenhaus fahren.

Behutsam öffnete er die Tür zum Krankenzimmer. Selbst im Schlaf hielt das kleine Mädchen den Plüschhund fest. Das zarte Gesicht wirkte so friedlich. Leise schloss er die Tür wieder.

Im Besprechungszimmer erzählte ihm die Ärztin, was er schon ahnte: Die Kleine war brutal sexuell missbraucht worden. Zudem stand sie unter schwerem Schock, was eine Befragung zum jetzigen Zeitpunkt unmöglich machte.

Plötzlich riss eine junge Frau die Tür auf. Noch ganz außer Atem stellte sie sich als Frau Becker vor. Auf der Suche nach ihrer Tochter war sie auf dem Polizeirevier gewesen. Dort erfuhr sie, dass ein verstörtes Mädchen ins Stadtkrankenhaus eingeliefert worden war.

Leithold atmete erleichtert auf. Jetzt kannte er schon mal die Mutter.

»Was ist denn passiert? Kann ich sie jetzt sehen?«, fragte sie mit zitternder Stimme.

»Sie können natürlich Ihre Tochter sehen. Aber bitte nur einen Augenblick.« Die Ärztin ging voraus. Nach einem prüfenden Blick auf das schlafende Mädchen gab sie die Tür frei.

Die Mutter stürmte an das Bett ihrer kleinen Annemarie. Mit vereinten Augen strich sie ihr liebevoll das Haar aus der Stirn.

»Ihre Tochter hat seit der Einlieferung nicht einziges Wort gesprochen. Wir wissen noch nichts Genaues. Morgen erfahren wir vielleicht mehr«, versuchte die Ärztin zu trösten. Sie beschloss, der Mutter vorerst zu verschweigen, was sie an dem kleinen Körper bereits gesehen hatte, um sie nicht noch mehr aufzuregen.

Leithold fuhr die aufgelöste Frau nach Hause. Während der Fahrt erzählte sie unter Tränen, dass sie in einem Supermarkt arbeite. Sie konnte ihre Tochter nicht rechtzeitig von der Schule abholen, weil ihre Kassenabrechnung eine Differenz im Bargeldbestand ausgewiesen hatte. Sie musste dies dem Chef melden und den Fehlbetrag selbst ersetzen. Da verging die Zeit schnell.

»Erst dachte ich, Annemarie sei bei ihrer Freundin.« Die Mutter schnäuzte weinend ins Taschentuch. »Nie hätte ich gedacht, dass ...« Sie konnte nicht zu Ende sprechen.

Leithold hielt vor einem zweistöckigen gelben Wohnhaus.

»Beruhigen Sie sich. Ihre Tochter lebt und eines Tages hat sie alles vergessen. Kinder in

dem Alter sind stärker, als wir glauben.«
Leithold wollte ihr Zuversicht und Hoffnung
geben. Er konnte der Mutter in diesem Moment nicht sagen, dass die kleinen Kinder-
seelen oft Jahre brauchten, um zu heilen, und
manchmal heilten sie nie.

»Kommen Sie zurecht?«, fragte er, denn er
sah keinen Ehering. Sie nickte tapfer. Heute
konnte Leithold nichts mehr ausrichten.

Zur Frühbesprechung brachte der Bericht der
Spurensicherung die ersten Fakten: An der
Jeans des Mädchens fanden die Ermittler aus-
reichend Spermaspuren für eine DNA–Ana-
lyse. Ebber hatte bei der Passantenbefragung
nichts Verwertbares herausgefunden und der
linke Schuh von Annemarie blieb weiterhin
verschwunden.

Es war Zeit für einen Besuch in der Grundschule »Am Holländer«.

Leithold ließ das Auto stehen. So oft es
ging, erlief er sich die Kleinstadt. Der
Kommissar fühlte sich hier sofort wohl, als er

vor ein paar Wochen aus Berlin umgezogen war und das Polizeirevier übernommen hatte. Döbeln war bis dahin für ihn ein unbekannter Fleck auf der Landkarte gewesen. Die Kollegen hatten ihn zum Abschied damit aufgezogen, dass er auf die größte Insel Sachsens ziehen würde, nur weil die Freiberger Mulde sich vor der Stadt teilte und den Stadtkern wie ein Eiland einschloss.

Jetzt fand Leithold keinen Blick für die frisch sanierten Bürgerhäuser, an denen er sich sonst so erfreute.

Er dachte die ganze Zeit an die kleine Annemarie und die wenigen Fakten, die sie in diesem Fall bisher hatten.

Die Lehrerin beschrieb Annemarie als ein ganz normales, quirliges nettes neunjähriges Mädchen. Aufgeschlossen und beliebt sei sie in ihrer Klasse, hörte Leithold die Lehrerin sagen, während er ans Fenster trat. Auf dem Parkplatz vor dem Schulhof sah er einen Mann im grauen Kittel aus einem BMW steigen und auf die Schule zugehen.

»Verdient der Hausmeister hier so gut, dass er sich einen BMW leisten kann?«, unterbrach Leithold die Lehrerin und wandte sich ihr wieder zu.

»Das Auto scheint das Beste zu sein, was ihm aus guten Tagen geblieben ist.« Sie ging im Lehrerzimmer hin und her, als stünde sie vor einer Klasse. »Herr Gruber wollte nach seiner Scheidung weit weg von Hamburg einen neuen Anfang wagen. Er arbeitet gut und wahrscheinlich hat er seinen Frieden gefunden.« Außerdem erzählte sie Leithold, dass der Hausmeister gestern Nachmittag die Wände der Klasse 4a geweißt hatte.

Die Klassenlehrerin blieb plötzlich vor ihm stehen. Er spürte ihre Empörung, als sie Leithold vorwurfsvoll fragte: »Was bringt die ganze Fragerei? Vor fünf Jahren wurde genau in diesem Park die kleine Jessica Mertens vergewaltigt.«

Sie stemmte die Arme in die Seiten und konnte sich nicht beruhigen: »Was ist denn damals nach dem Aufruf in der Presse passiert? Der Verbrecher läuft heute noch frei herum. Hat halt Pech gehabt, die Kleine, was? Komisch, nur im Fernsehen schnappen sie immer alle Ganoven, egal, wie clever die sich auch anstellen.« Sie hielt abrupt inne. »Entschuldigen Sie! Ich bin zu weit gegangen.« Sie klemmte sich verlegen ihr halblanges Haar hinters Ohr.

Leithold, etwas erschrocken über diesen heftigen Gefühlsausbruch gegen ihn, blieb wie angewurzelt stehen.

So viel Temperament hatte er der ausgesprochen sachlich wirkenden Lehrerin nicht zugetraut. Er schickte sich an zu gehen. Beim Abschied hielt er ihre Hand etwas länger in der seinen: »Wir geben unser Bestes, damit wir diesmal den Täter fassen!« Er sah einen Funken Hoffnung in ihren braunen Augen aufglimmen.

Auf dem Schulhof sammelte der Hausmeister mit einem Greifer Papier und Abfälle in einen Sack. Leithold ging auf ihn zu.

»Kennen Sie die Schülerin Annemarie Becker?«, fragte er den etwa vierzigjährigen Mann ziemlich harsch.

»Ja, sie wird fast immer von ihrer Mutter abgeholt.«

Etwas missfiel Leithold an diesem Hausmeister. War es sein Haar, welches, zum Zopf gebunden, ihn viel eher als ein Möchtegern-Künstler erscheinen ließ? Auch die zarten, gepflegten Hände passten nicht zu einem Vollbluthandwerker.

»Ob sie allerdings in den letzten Tagen abgeholt wurde, kann ich nicht sagen. Die Kinder haben Projektwoche. Da sind sie auf dem Sportplatz und kommen nur früh in die Schule.« Gruber streckte den Greifer nach einem Kaugummipapier aus.

Leithold horchte auf. Mensch, warum hatte ihm das keiner gesagt! Er verabschiedete sich. So würde der Kommissar sich wohl fürs erste damit begnügen müssen, dass der Hausmeister nichts mit alldem zu schaffen hatte. Es gab nicht den kleinsten Hinweis, der ihn belastete. Aber dass er mit diesem Job seinen Frieden gefunden haben sollte, konnte Leithold nicht glauben. Eher dachte er an eine vorübergehende Notlösung nach einer Krise. Sein Misstrauen blieb.

Leithold lief noch einmal in den Bürgergarten. Ihm wollte nicht in den Kopf, dass keiner etwas gesehen haben sollte. Er bog in die Friedrichstraße ein. Gut, hier gab es nicht so viele Wohnhäuser. Ob das Opfer wohl mit dem Täter hier entlanggekommen war?

Leithold erreichte den Bürgergarten. Ein herrlicher Park. Er hatte sich erzählen lassen, dass die Leute der städtischen Brauerei früher hier in strengen Wintern Eisblöcke aus dem Teich geschlagen hatten. Anschließend wurden diese in Eisschuppen unter Sägespänen gestapelt und als Kühlmittel für den Sommer aufbewahrt.

Nach der Wende war hier im Bürgergarten wieder eine moderne Gaststätte mit Freisitzen entstanden.

Er blickte sich um, als er am See stand. Der Weg, wo die Bank stand, bei der die kleine Annemarie gefunden wurde, bog vor der Gaststätte rechts ab. Nach einigen Metern war der Blick auf die Bank durch Büsche und Sträucher versperrt. Geschickt hatte der Täter dies zu nutzen gewusst.

Und es stimmte. Den Sportplatz, auf dem die Schulveranstaltungen stattfanden, trennte nur ein schmaler Pfad von dem Park. Der Täter hätte die Kinder vom Park aus beobachten können. Es standen ja überall Bänke. Aber wirklich weiter brachte Leithold das nicht.

Nach der Rückkehr ins Büro sah Leithold endlich die angeforderte Akte von Jessica Mertens auf seinem Schreibtisch. Ebber hatte keine Ahnung von seinem Verdacht. Leithold wollte es ihm später sagen. Vielleicht lag er mit seiner Vermutung auch ganz falsch. Doch das Bild in der Akte von Jessica Mertens zeigte den gleichen Mädchentyp. Aufgeregt las nun er alle Ermittlungsberichte und die gerichtsmedizinischen Befunde. Leithold war ab jetzt nicht mehr von dem Gedanken abzubringen, dass es sich um den gleichen Täter handeln könnte. Schade, dass ihn damals keiner zu fassen bekommen hatte. Bestimmt wäre dann die kleine Annemarie verschont geblieben. Er beschloss, seine Vermutungen erst einmal für sich zu behalten.

Leithold und Ebber ermittelten in den folgenden Tagen intensiv im Bekanntenkreis der geschiedenen Mutter. Doch jeder Ansatz einer Spur löste sich in Nichts auf.

»Der Datenabgleich von möglichen Tätern der zentralen DNA-Analyse-Datei mit den Spuren an der Jeans brachte keinen Treffer.« Ebber pfefferte den Bericht auf den Tisch.

»Verdammt!« Leithold schlug mit der Faust auf die Schreibtischplatte. Sein erster Fall in der neuen Dienststelle durfte nicht ungelöst bleiben. Er dachte an die braunen Augen der Lehrerin, die ihn so wütend angesehen hatten.

Schwüle Luft drückte durch das offene Fenster ins Büro. Eine Fliege summte durch den Raum. Leithold trommelte mit den Fingern auf der Schreibtischplatte herum. Er dachte angestrengt nach.

»Wir laden alle Männer in Döbeln zu einem Massenspeicheltest ein.« Leitholds Ton klang hart und entschlossen.

»Das sind etwa 7000 Gentests, die da zu bewältigen sind, Chef«, wagte Ebber zu entgegnen. Ihm blieb der Mund offenstehen. Er dachte an die negative Presse und die vielen Formulare, die es auszufüllen galt, die Kosten und die Telefonate mit der Staatsanwaltschaft. Auch würden sie zusätzliches Personal benötigen.

»Das ist mir egal! Jede Mutter in Döbeln wäre beruhigt, wenn sie wüsste, dass der Täter nicht ihr Nachbar ist.«

Ebber begriff, dass jeder weiterer Einwand zwecklos gewesen wäre.

Wochen vergingen. Die Auswertungen der Speichelproben ließen lange auf sich warten.

Leithold ging Herr Gruber nicht aus dem Sinn.

Doch Ebber versuchte, seinem Chef den Hausmeister als Täter auszureden.

»Das Alibi von Gruber ist hieb- und stichfest. Der Mann pflegt noch ein Grundstück außerhalb der Stadt für einen Notar. Das Anwesen grenzt an das Kurheim im Nachbarort Lauenstein.«

Schlagartig durchzuckte es Leithold. Es war wie eine Eingebung, ein Bauchgefühl. »Das könnte doch eine Möglichkeit sein. Komm!«, trieb er zur Eile an.

Ebber trabte seinem Chef zum Auto hinterher. »Das bringt doch nichts!« Ebber schnallte sich an. »Ohne Durchsuchungsbefehl dürfen wir nicht auf das Grundstück«, bemerkte er und hielt sich mit einem Blick auf den Tacho am Türgriff fest. Zu seinem Erstaunen interessierte sich Leithold nicht für das Grundstück des Notars. Stattdessen meldeten sie sich in der Kurklinik an.

Der Leiter dieser Einrichtung begrüßte die Beamten mit gequälter Freundlichkeit.

Leithold hielt sich nicht lange mit Vorreden auf. »Haben Sie Kurgäste, die in regelmäßigen Abständen hier kuren und sich pflegen lassen?«

»Zum Glück haben wir Privatpatienten, die besonders unseren Wellnessbereich zu schätzen wissen!«, antwortete der Direktor selbstzufrieden. Das teure Ambiente mit den schweren Stilmöbeln aus Wurzelholz unterstrich seine Aussage.

Das war es, was Leithold hören wollte. Ohne weiter ins Detail zu gehen, bat er den Chef in Weiß, eine Liste der Gäste zusammenzustellen, die sowohl am 4. Juli dieses Jahres als auch im Mai 2002 hier zur Kur geweilt hatten. »Natürlich behandeln wir die Daten diskret«, versprach Leithold dem um seine gutbetuchten Patienten besorgten Mann.

Ebber ahnte erst jetzt, was Leithold vermutete. Er erinnerte sich und hatte sofort das Bild von der kleinen Jessica Mertens vor Augen.

An das Kurheim hatte vor fünf Jahren keiner gedacht.

Zuversichtlich klopfte Leithold dem erstaunt dreinblickenden Ebber auf die Schulter. »Ich habe mir die Akte der Jessica Mertens kommen lassen. Sie haben doch damals auch ermittelt und kennen sich besonders gut mit den Fakten aus. Prüfen Sie doch bitte, ob es der gleiche Täter sein könnte.«

Ebber straffte seinen Oberkörper und fühlte sich geschmeichelt, dass seine Erfahrungen nun doch gefragt waren.

Als Leithold und Ebber im Büro eintrafen, erschien Herr Kästner, der Leiter der Mordkommission. Ebber fiel sofort ein dringender Termin ein, denn sein Besuch konnte eigentlich nur Ärger oder Arbeit bedeuten.

Während Leithold seinen Vorgesetzten bat, Platz zu nehmen, spürte er den Puls in seinen Adern immer heftiger werden. Sofort dachte Leithold an den Speicheltest. Es musste einen Treffer gegeben haben? Wieso sonst machte sich der Leiter der MK zu ihm auf? Leithold konnte nur mit Mühe seine Aufregung verbergen.

»Kaffee?«

Kästner schüttelte den Kopf. »Ich wollte Ihnen selbst die gute Botschaft überbringen«, begann er. »Mit Ihrer Beharrlichkeit, diesen Massenspeicheltest in diesem Umfang durchzusetzen, ist uns tatsächlich ein Mörder in die Falle gegangen.«

Leithold zog die Augenbrauen hoch.

»Ist der Vergewaltiger von der kleinen Annemarie auch noch ein Mörder?« Leithold hatte sofort den Unterschied begriffen.

»Da muss ich Sie enttäuschen. Ihren Täter müssen Sie immer noch selbst suchen. Uns ist aber durch den Reihen-Gentest ein Mörder, genauer gesagt, ein Doppelmörder ins Netz gegangen.«

Leithold beobachtete sein Gegenüber ganz genau. »Was? Unglaublich. Das ist ja wirklich ein Wahnsinnserfolg. Aber warum kann ich in Ihrem Gesicht keine Freude sehen?«

»Sie beobachten scharf! Der Treffer ist vor Gericht nicht zu verwerten, weil er unrechtmäßig erzielt wurde.«

»Das müssen Sie mir jetzt aber etwas genauer erklären.« Leithold schüttelte verständnislos den Kopf.

Der Kripochef blickte sich um. Die Tür war geschlossen.

»Der Beamte, der den Abgleich bearbeitete, ist der Sohn eines ermordeten Ehepaares. Seine Eltern sind nach der Wende nach Hamburg übergesiedelt. Dort fielen sie einem Raubmord zum Opfer. Der Sohn, der damals hiergeblieben war und die Kripolaufbahn eingeschlagen hatte, fühlte sich schuldig. Er konnte sich mit der Ermordung der Eltern nicht abfinden und machte sich ständig bittere Vorwürfe, nicht mit umgezogen zu sein. Jeden DNA–Abgleich nutzte er auch für den Doppelmordfall seiner Eltern, denn da waren DNA-Spuren gesichert wurden. Als der Massentest in der Presse publik wurde, meldete er sich freiwillig zur Unterstützung bei der Auswertung der fast 7000 Tests und wurde dafür auch freigestellt.

Rechtlich gesehen, dürfen die Daten dieses Massentests nur für die Vergewaltigung von Annemarie verwendet werden. Gibt es für den aktuellen Fall keinen Treffer, hätten die Daten sofort vernichtet werden müssen. Das schreibt das Gesetz so vor. Doch der betreffende Kollege ergriff die Gelegenheit, um einen Datenabgleich auch in dem Mordfall für seinen Eltern vorzunehmen.«

»Ja, und was jetzt?« Leithold fuhr sich fassungslos durch seine schwarzen Haare.

»Als der Beamte mich um eine Unterredung unter vier Augen bat, ahnte ich nicht, in welche Zwickmühle er mich mit seiner Erklärung bringen würde.

Aber es musste ja noch die Identität des Täters festgestellt werden. Ich konnte der Versuchung nicht widerstehen, einen langgesuchten Doppelmörder zu fassen und veranlasste die Decodierung der Probe.«

Die Worte verfehlten bei Leithold nicht ihre Wirkung. Seine Stirn legte sich in Falten, während er nachdachte. »Kann es sich dabei zufällig um Jan Gruber, den Hausmeister der Grundschule *Am Holländer*, handeln?«

Seinem Gegenüber klappte die Kinnlade herunter. »Stimmt. Die Kollegen nehmen ihn in diesem Augenblick fest. Wir kennen zwar noch nicht die Zusammenhänge. Aber die finden wir bald heraus. Wir werden ihn im Verhör erst einmal mit einer angeblichen Zeugin konfrontieren, die erst jetzt aussagen konnte. Vielleicht knickt er ein und gesteht. Aber wie kommen Sie auf ihn?«

»Wir haben nicht viel über ihn herausgefunden. Aber mein Gefühl sagte mir, dass irgendetwas mit ihm nicht stimmt.« Leithold überlegte kurz: »Aber wieso ist er denn zu dem Massentest gegangen, wenn er Dreck am Stecken hat?«

»Ja, die Täter kennen sich aus. Er hat sich eben sicher gefühlt, als er von Hamburg hierherumzog und untertauchte. Er vertraute darauf, dass die Beamten sich genau an den Datenschutz halten würden.« Der Leiter der MK drückte Leithold zum Abschied fest die Hand. »Der Erfolg dieses großangelegten Speicheltestes wird die Diskussion über die Nutzung hoffentlich wieder richtig anheizen. Die Täterergreifung, wie gerade in diesem Fall deutlich wird, und der Datenschutz bei bis dahin unschuldigen Bürger passen zusammen wie zwei linke Schuhe.«

Leithold nickte zustimmend. »Ich bin ganz ihrer Meinung. Einmal sollte man wenigsten die Daten für die Zentraldatei nutzen dürfen.«

Von diesem unglaublichen Zwischenerfolg beflügelt, hoffte Leithold, den Vergewaltiger von Annemarie und auch Jessica zu fassen.

Ebber blätterte missmutig in der Liste des Klinikdirektors. Drei Ehepaare und eine betagte Dame hatten sich zu beiden Tatzeiten zur Kur dort aufgehalten. Diskret wurden von den Ehemännern die Speichelproben eingeholt. Wieder vergingen einige Tage.

Leider führten die Tests nicht zum Täter.

»Es wäre auch zu schön gewesen«, murrte Ebber vor sich hin. »Dabei hat mir die Sekretärin hoch und heilig versichert, dass die An- und Abreisetage bei der Aufstellung der Personenliste inbegriffen sind.«

Leithold stutzte und nahm diesen Gedanken auf. »Anreisetage? Wissen wir, wie die alte Dame zur Kur anreiste?« Leithold tippte auf den Namen Bruch und blickte zu Ebber. Ein letzter Hoffnungsschimmer tat sich auf. Er griff zum Telefon.

Die Empfangsschwester bestätigte am Telefon, dass der Sohn die Dame gebracht und geholt hatte. Ein weiterer Gentest musste her. Die Formalitäten erledigte Ebber nunmehr mit links.

Seit Tagen wartete Leithold auf das Ergebnis. Das machte ihn kirre. Er nahm sich vor, heute Nachmittag zur Ablenkung frei zunehmen.

Schon lange hatte er sich den berühmten Döbelner Stiefel ansehen wollen. Sein Schaft soll fünf Meter hoch sein. Selbst im gekrempelten Zustand bringt es der Stiefel wohl noch auf eine Höhe von 3,7 Metern. 1925 wurde dieses Prachtstück in siebenhundertfünfzig Arbeitsstunden gefertigt. Noch heute ist es zu besichtigen.

Er dachte an die braunen Augen der Lehrerin. Vielleicht käme sie mit.

Mitten in diese Gedanken platzte Ebber mit den Testergebnissen: »Wir haben ihn, Chef!« Ebber war ganz außer Atem.

»Es war tatsächlich der Sohn von Frau Bruch. Die Festnahme läuft...«

Leithold schnellte wie elektrisiert aus seinem Bürostuhl.

»Doch das ist noch nicht das Beste!« Ebber genoss es, seinen Chef zappeln zu lassen. Dabei glänzten seine Augen vor Begeisterung. »Der letzte DNA-Vergleich brachte nicht nur einen Treffer für unseren Annemarie-Fall, sondern –«, der Kollege machte eine Pause, »sondern es gab auch eine Übereinstimmung im Fall von Jessica Mertens.« Ebber holte tief Luft: »Absolute Klasse, Chef.« Seine Worte waren voll von Bewunderung und Respekt für deinen neuen Chef.

Leithold holte eine Flasche Sekt aus dem Kühlschrank. Schon vor Tagen hatte er sie vorsorglich für seinen Einstand mitgebracht. Aber jetzt gab es wirklich etwas zu feiern. Er füllte die Gläser. »Mein Einstand!«

»Toller Start, Chef! Den Kriminellen geht es bei uns in Döbeln schlecht. Prost!«

Leithold war gerührt. »Es war auch die gute Teamarbeit, die uns zum Erfolg führte. Außerdem bin ich froh, einen so erfahrenen Kollegen an meiner Seite zu wissen. Zum Wohl!«

Jetzt nahm sich Leithold erst recht den Nachmittag frei.

Er griff zum Handy und wählte die Nummer von Annemaries Lehrerin. Das Telefon klingelte mehrmals. Doch dann war sie dran.

Leithold lud sie für den Nachmittag ein. Er lächelte, als sie zusagte und fand, dass Döbeln aufregender war, als er sich je hätte träumen lassen.

Verkehrte Welt

Harald Drechsler saß gemütlich vor seiner Lieblingskneipe in der Schlossstraße 2. Die Gaststätte hatte ihn schon immer durch ihr uriges Ambiente angezogen. Der Holztisch in dem Mini-Biergarten, gefertigt aus irgendwo übriggebliebenen Dachbalken, gab ihr eine rustikale Ausstrahlung. Im Schatten der Delitzscher St. Peter und Pauls Kirche, mit Blick auf die Bürgerhäuser, fühlte sich der 47-Jährige Tischler gegen alle Widrigkeiten der Zeit geborgen, auch wenn er im Moment arbeitslos war. Der Wirt brachte ihm ohne Worte, wie ganz selbstverständlich, seinen halben Liter Bier.

Das knarrende Geräusch eines Fensterflügels in der beschaulichen Stille ließ Harald aufhorchen. Als er das Quietschen zuordnen konnte, blieb sein Blick an dem historischen Fachwerkhaus in der Schulstraße hängen.

Eine alte Frau goss bei diesem herrlichen Maiwetter ihre Blumen vor dem Fenster und blickte zufällig herüber. Harald hob den Arm zum Gruß, die alte Frau erwiderte mit einem leichten Kopfnicken und einem Lächeln. Er beobachtete, dass sie noch mindestens so lange am Fenster saß, wie er sein Bier trank.

Dabei gab es von diesem Fenster aus gar nicht so viel zu sehen. Die Frau richtete ihr ganzes Interesse anscheinend nur auf den bunt bepflanzten braunen Holzkasten.

Dabei gab es von diesem Fenster aus gar nicht so viel zu sehen. Die Frau richtete ihr ganzes Interesse anscheinend nur auf den bunt bepflanzten verwitterten Holzkasten.

Zwischen roten Hängepetunien, blauem Männertreu und vielen gelben Husaren-knöpfen summten Bienen und kündigten vom nahen Sommer. Das Bild der grau-haarigen Alten erinnerte Harald an seine Mutter, die ebenfalls, stundenlang im Vor-garten verweilend, auf die Blumenpracht schauen konnte. Von nun an gehörte die am

Fenster sitzende Hochbetagte zu seinem Bier am Nachmittag, wie seine morgendliche Rasur nach dem Aufstehen.

»Verdammter Mist! Wieder keine Zeit zum Essen«, fluchte der Kriminalhauptkommissar Paul Liedtke und klappte sein Handy zu. Mit seinem alten Ford steuerte er die Delitzscher Wohnblocks an. Blaulicht und Polizeiabsperrung zeigten ihm, zu welchem Eingang er sich bewegen musste. Er blickte an der Hausfront nach oben. Im zweiten Stock standen alle Fenster weit offen. Na wenigstens hielt sich das Treppensteigen in Grenzen, dachte er, ahnte jedoch Schlimmes. Die Wohnung betretend, schlug ihm ein süßlicher und zugleich kotiger Geruch entgegen. Ihm stockte der Atem.

Mit Müh und Not unterdrückte er ein vom Magen heraufkommendes würgendes Gefühl und hielt sich schnell ein Taschentuch vor die Nase. Wie gut, dass er noch nichts gegessen hatte.

»Na, endlich bist du da«, kam ihm Ulf Plätzer, der Rechtsmediziner, auf dem Flur der Zweizimmerwohnung entgegen.

»Kannst du mir schon etwas sagen? Aber fasse dich kurz«, forderte Liedtke im Bewußtsein, dass das Taschentuch nicht ewig seinen Zweck erfüllen würde.

»Die Liegezeit ist nicht so einfach zu bestimmen. Ich schätze, so ab zwei Monaten aufwärts«, antwortete Plätzer ohne Emotionen. Sein Ekelfaktor schien gleich null zu sein. Liedtke folgte dem Kollegen vom Flur in das Wohnzimmer. Der Anblick der stark verwesten Leiche im Schaukelstuhl hatte selbst für den hartgesottenen Kommissar etwas Gespenstisches. »Heiliger Strohsack«, entfuhr es ihm, während er sich mit der anderen Hand über sein lichtes braunes Haar fuhr.

»Es handelt sich hier mit hoher Wahrscheinlichkeit um die Bewohnerin, Hildegard Kant«, nahm Plätzer das Gespräch wieder auf. »Dem Verwesungsstadium nach zu urteilen, waren schon unzählige Generationen

Fliegen am Werk. Nach dem Tod legten sie ihre Eier in Augen, Mund sowie Nase ab. Damit ergriffen sie zielgerichtet Besitz vom Körper der alten Frau. Vielleicht wäre es ratsam, einen Spezialisten hinzuziehen«, schloss Plätzer nachdenklich seine Ausführungen.

»Du meinst einen forensischen Entomologen, wie zum Beispiel diesen Dr. Günther Leimer?«, hakte Liedtke nach, während sein Blick auf dem zerfressenen Rest des Gesichtes verharrte.

»Genau. Er wäre der Fachmann für so einem Fall. Ich hoffe nur, dieser viel gefragte Mann hat Zeit für unseren Fall«, fügte Plätzer hinzu.

»Wenn er nicht sofort kommen kann, dann vergiss hier ja nichts. Jedes Detail ist für den Spezialisten wichtig.»

Plätzer nickte folgsam. Er kannte die präzise Arbeitsweise des Kollegen.

Liedtke ließ seinen Blick in dem Wohnzimmer umherschweifen. Alte Möbel aus der Gründerzeit, mehrere Stickbilder an den

Wänden, Häkeldeckchen unter Vasen und Zierteller versetzten Liedtke in eine Zeit, wie er sie aus alten Filmen mit Theo Lingen oder Hans Moser kannte. Sein Blick blieb an einem Vertiko hängen. Aus braunen geschnitzten Holzrahmen verschiedener Größe blickten mehr oder weniger ernst dreinschauende Gesichter. Stumme Zeugen, die Liedtke zu dem Vorgefallenen nicht befragen konnte.

»Komm mal mit«, riss Plätzer Liedtke aus seinen Gedanken. »Wie passt denn das zusammen?«, fragte er ihn, in die Küche voran gehend.

Liedtke blickte auf verschimmelte Pappteller, die sich im Spülbecken stapelten und auf denen sich brummende Fliegen und gelbe Maden tummelten.

»Ich kann mir absolut nicht vorstellen, dass die alte Dame von Papptellern gegessen hätte«, gab Liedtke zu bedenken. Er zeigte in ein Küchenregal mit Glastüren, das über der Spüle hing.

Während die Kollegen der Spurensicherung akribisch ihre Arbeit erledigten, gingen beide in das Wohnzimmer zurück und blieben vor der Toten stehen.

»Also, auf den ersten Blick, könnte sie auch eines natürlichen Todes gestorben sein. Herzschlag im Schaukelstuhl?«

»Ja und nein«, gab Plätzer dem Kommissar zurück. »Schau mal. Die Arme liegen exakt auf den Lehnen und auch die Füße stehen ganz eng beieinander. Alles wirkt verkrampft und etwas unnatürlich.«

» Na, du wirst es ja wissen, wenn du sie dann auf dem Tisch hattest«, verabschiedete sich der Liedtke. Endlich wieder frische Luft schöpfend, blickte er auf die Uhr. Für ein Mittagessen war es wirklich zu spät. Aber einen starken Kaffee, den könnte er jetzt wahrlich gebrauchen. Doch daraus wurde erstmal nichts.

Vor dem Haus trat ihm eine alte Frau in den Weg.

»Nur gut, dass ich so hartnäckig geblieben bin, sonst wäre Hildegard nicht so schnell entdeckt worden.« Sie richtete sich trotz ihrer Rückenschmerzen stolz auf und Liedtke freundlich ins Gesicht.

»Sind Sie Frau Lessel, die Nachbarin?«, Liedtke zückte seinen Notizblock und sah sie an. »Was heißt eigentlich hartnäckig, Frau Lessel?«, Liedtke sprach mit einschmeichelnder Stimme. Die Rentnerin genoss sichtlich die Aufmerksamkeit des Beamten und zupfte verlegen an ihrer Bluse.

»Na, ich habe die Hausverwaltung angerufen und mich beschwert, dass es im ganzen Haus immer so komisch riechen würde.« Frau Lessel rümpfte ihre hakenförmig gebogene Nase. »Doch ich musste erneut anrufen, drohte sogar mit einer Mietminderung.« Bei diesem Satz stach sie mit ihrem gichtgekrümmten Zeigefinger gefährliche Löcher in die Luft. »Erst dann beauftragte die Dame von der Hausverwaltung endlich unseren Hausmeister, die Wohnung aufzubrechen.»

Frau Lessels Augen glänzten, als erwarte sie Dankesworte.

Liedtke schüttelte den Kopf. »Sonst ist Ihnen nichts aufgefallen? Nur der Geruch?«, vergewisserte er sich. Sie müssen doch ihre Nachbarin ewig nicht gesehen haben?« Er konnte es nicht fassen, dass die Frau sich bei diesem Gestank nichts gedacht hatte.

Frau Lessel blickte betreten zu Boden. »Ich spioniere doch niemandem nach«, brachte sie kleinlaut hervor. »Außerdem bin ich die letzten zwei Monate im Krankenhaus gewesen«, fügte sie entschuldigend hinzu und blickte dabei starr auf ihre karierten Hausschlappen.

»Hatte sie mal Besuch?«

Die Lessel zuckte mit den Schultern.

»Vielleicht fällt Ihnen doch noch etwas ein«, verabschiedete sich Liedtke und gab ihr seine Visitenkarte. Jetzt brauchte er dringend einen Kaffee und fuhr zur Schlosskapelle.

Trotz des herrlichen Blickes auf das Delitzscher Barockschloss und den Park gingen Liedtke die eben gesehenen Bilder nicht aus dem Kopf. Werde ich zu alt für diesen Job? fragte er sich betroffen. Sinnend auf seinen Latte Macchiato starrend, horchte er in sich hinein, als würde aus der Herzgegend eine Antwort kommen. Doch von dort kam nichts. Es war einfach nicht sein Tag, versuchte er sich einzureden.

Doch das Gefühl, einen aussichtslosen Kampf gegen die dunklen Seiten im Menschen zu führen, deprimierte den 58-Jährigen Kommissar immer öfter. Selbst bei gelösten Fällen empfand er keinerlei Befriedigung darüber, dass ein Schurke mehr hinter Gittern seine wohlverdiente Strafe verbüßte. Und, ob *wohlverdient*, darüber könnte sich Liedtke in manchen Fällen tagelang streiten.

Um auf andere Gedanken zu kommen, bestellte er bei Rosi doch noch das empfohlene Tagesgericht, klappte den Notizblock auf und überflog seine gekritzelten Aufzeichnungen über die Tote. Mein Gott, was für ein Ende und keiner sollte etwas bemerkt haben?

Der nächste Vormittag brachte für Liedtke keine neuen Erkenntnisse. Die Nachbarn hatten nichts gesehen und gehört. Die Pappteller in der Spüle ließen sich keiner Pizzeria zuordnen und keiner der ortsansässigen Lieferdienste konnte sich an die Adresse von Frau Kant erinnern.

Liedtke griff zum Handy. »Ulf, wie sieht es mit den Obduktionsergebnissen von Hildegard Kant aus. Hast du schon was für mich?«, drängelte Liedtke.

»Nein, nichts Genaues!«, tönte es in sein Ohr. »Wir sind hier nicht im Fernsehen, wo innerhalb von fünfundvierzig Minuten ein Fall gelöst wird.« Plätzer klang genervt am anderen Ende.

Er hatte ja recht.

Liedtke überlegte sich die nächsten Schritte. Nachdenklich fuhr er sich mit der Hand über sein unrasiertes Kinn. Seit seiner Scheidung vor drei Jahren, legte er kaum Wert auf sein Erscheinungsbild. Es passte haargenau zu seinem derzeitigen Gemütszustand.

Als nächstes nahm Liedtke die Vermögens-verhältnisse der Toten ins Visier. Er staunte und fragte sich, warum Frau Kant in den letzten Tagen vor ihren Tod nacheinander dreimal 1.000 Euro von ihrem Girokonto am Geldautomaten abgehoben hatte, bis es leer gewesen war.

Das Sparbuch mit einem Guthaben in Höhe von 27.000 Euro war schon vor zwei Monaten bis auf einen Rest in Höhe von 2.000 Euro abgeräumt worden. Für was brauchte die alte Frau das ganze Geld? Ich muss die Lessel noch einmal fragen, nahm Liedtke sich vor.

Hinter der nur halb geschlossenen Gardine sah Liedtke schon von Weitem die gebeugte Silhouette von Frau Lessel.

Mein Gott, hat die nichts zu tun?

Mit Schrecken durchfuhr ihn der Gedanke, dass er selbst kurz vor der Pensionierung stand. Wie seine Tage ohne Mord und Tot-schlag aussehen würden, konnte und wollte sich Liedtke noch nicht vorstellen.

Als er das Haus betrat und die Treppen hinaufstieg, sah er das Bild von der Leiche von Frau Kant wieder vor sich, wie sie im Schaukelstuhl saß.

Kaum hatte er die Etage erreicht, öffnete Frau Lessel auch schon die Tür, ohne, dass er erst klingeln musste. Mit dem breitesten Lächeln, welches er je gesehen hatte, empfing ihn die Rentnerin.

»Ich habe noch einige Fragen an Sie, Frau Lessel.« Liedtke bemühte sich, ganz besonders dienstlich zu wirken und nahm an dem runden Tisch im Wohnzimmer Platz.

»Kaffee?«

Frau Lessel schien das »Nicht nötig«, von Liedtke zu überhören und kam mit einem vorbereiteten Tablett aus der Küche. »Was haben Sie denn für Fragen?«

Da war es wieder, dieses breite Lächeln. Sie goss Kaffee und verwies auf die selbstgebackenen Kekse.

Liedtke fragte sich, ob er träumte. Was war denn mit der alten Schachtel los?

»Haben Sie noch einmal über alles nachgedacht? Ist Ihnen etwas eingefallen?«

»Na, ich sagte doch bereits, dass ich lange im Krankenhaus war. Ich kann mich an nichts richtig erinnern«, gab sie dem Kommissar schulterzuckend zur Antwort.

»Wie alt sind Sie eigentlich Frau Lessel?«

Vielleicht hätte er lieber nicht fragen sollen. Trotz der dicken Goldrandbrille, wagte Frau Lessel plötzlich einen verschmitzten Augenaufschlag. »Also, das fragt man doch eine Dame nicht!« Sie hatte mit den Jahren gelernt, ihre Vorzüge herauszustellen. »Also, Auto fahre ich noch ziemlich flott. Dieses Jahr weiß ich noch gar nicht, wohin ich in den Urlaub fahre.« Sie warf ihre dünnen Haare schwungvoll in den Nacken. Wahrscheinlich hatte sie heute keine Schmerzen im Rücken.

Liedtke bat um ein Glas Wasser. Sie holte es nur allzu bereitwillig und ging in die Küche. Die Zeit nutzend, sah er sich in der Wohnstube um. Waren beide Frauen im gleichen Alter? Zumindest ähnelten sich die

Einrichtungen im Wohnzimmer. Auch hier stand allerlei Nippes auf kleinen Häkeldeckchen, und es gab eine alte Kommode aus den Zwanzigern. Darauf prangten alte silberne Fotorahmen mit Bildern von ernst dreinblickenden Personen und in altmodischer Kleidung.

»So, Herr Kommissar.« Frau Lessel kam mit einer kleinen Flasche Selters und einem Glas in den Händen wieder herein. »Die Kekse sind sehr lecker. Sie müssen sie probieren.«

Liedtke überhörte die Aufforderung und versuchte, seine Fragen loszuwerden. Während er in ihr gepudertes Gesicht blickte, erfuhr er, dass sie gut mit ihrer Rente auskam, dass sie jedes Jahr nach Jamaika in den Urlaub flog, dass die verordneten Tabletten sich in Grenzen hielten und sie zu allem Glück auch noch eine gute Witwenrente bekäme.

Zu allem Glück? Liedtke empfand diese Wortwahl fehl am Platz.

»Frau Lessel, haben sie mitbekommen, ob ihre Nachbarin größere Anschaffungen vorhatte? «

Sie kniff nachdenklich die Augen zusammen. »Nicht, dass ich wüsste.« Frau Lessel lächelte und erklärte weiter, dass sie zwar gern zusammen Kaffee getrunken, aber nie über ihre finanzielle Angelegenheiten gesprochen hätten.

»Hatte Frau Kant oft Besuch, oder kam vielleicht manchmal der Fensterputzer?« Er gab ihr Zeit zum Nachdenken.

»Nee, mit Familie war da nichts mehr. Aber so ein junger blonder Mann vom Pflegedienst kam jeden Tag.« Frau Lessel geriet ins Schwärmen: »Er war immer sehr freundlich. Hilde wurde wegen ihrem Zucker doch gerade auf Spritzen umgestellt. Das kontrollierte der Kleine dann.«

Liedtke glaubte endlich einen guten Anhaltspunkt gefunden zu haben. »Kennen Sie vielleicht den Namen des Pflegedienstes?«

»Sonne... hm... Abendsonne. Oder so ähnlich. Ich erinnere mich doch so schlecht.«

Liedtke hielt es nun nicht mehr aus. Das Klingeln seines Handys ermöglichte es ihm, sich schnell und ohne große Worte zu verabschieden.

Im Büro fand Liedtke bei seiner Rückkehr den Obduktionsbericht auf dem Schreibtisch. Doch er hatte keine Lust, das geschwollene medizinische Deutsch zu lesen und griff zum Hörer: »Ulf, was heißt das nun genau, im Fall von Frau Kant?«

Plätzer erklärte ihm, dass er auf den Handrücken eigenartige Abdrücke festgestellt hätte. Viereckig und geriffelt seien diese gewesen. Sie konnten unmöglich von einem Seil oder dergleichen stammen.

»Was denn nun, Ulf?« Liedtke kratze sich am unrasierten Kinn. »Ist sie nun ermordet worden oder nicht?«

»Ja, ich denke schon.« Seine Stimme klang nicht überzeugend. »Nur wie, das ist nicht eindeutig festzustellen. Am Ende ist sie elend verhungert und verdurstet.«

»Gewalteinwirkung?«

»Es sind keine weiteren Gewalteinwirkungen zu erkennen, sonst hätte ich es dir schon gesagt. Mensch, Jan, mache ich den Job erst seit gestern?« Plätzers Stimme wirkte zerknirscht. »Apropos Doktor Steinecke war hier«, jetzt, als der Name fiel, schien sein ganzer Unmut verflogen zu sein. »Er will einen Versuch mit einem toten Schwein starten, um den Todeszeitpunkt genau zu bestimmen.« Plätzer geriet ins Schwärmen. Stell dir vor: »Er hängt ein totes Schwein auf und untersucht dann ganz genau, wie die Maden sich entwickeln, ausbreiten und vermehren.«

»Erspar mir diese unappetitlichen Einzelheiten«, unterbrach Liedtke seinen Kollegen. »Und, nimm meine Bemerkung von vorhin nicht persönlich.« Wie gut, dass sie beide sich so lange kannten.

Am nächsten Morgen fuhr Liedtke kurz vor zehn Uhr zu dem Seniorenheim *Abendschein*. Freudig wurde er von der Chefin begrüßt. Er nahm auf einem Sessel in der Cafeteria im Empfangsbereich Platz. Dabei spürte er die musternden Augen der Heimleiterin. Oh man, sehe ich schon so aus, als würde ich mich für einen Pflegeplatz anmelden müssen? Die prüfenden Blicke waren Liedtke unangenehm.

»Ich habe hier die Unterlagen von Frau Kant«, fing die Heimleiterin an zu erzählen, während sie den mitgebrachten Laptop aufklappte. »Sie war erst ganz kurz bei uns in der Außendienstbetreuung. Umso mehr hat es uns gewundert, als ihre Schwester vor gut zwei Monaten anrief und uns informierte, dass unsere Dienste nicht mehr vonnöten seien.«

»Können sie mir den Namen der Schwester sagen?«

Doch er bekam nur ein Kopfschütteln.

»War das nicht merkwürdig? Haben Sie das nachgeprüft?«

»Nein. Manche Verwandten pflegen ihre Angehörigen selbst, wenn sie mitbekommen, dass dies eine Menge Geld kostet. Und da Frau Kant gerade mit den Spritzen eingestellt war, fand ich das in Ordnung.«

»Der junge Pfleger, der wegen des Spritzens zu ihr gegangen ist, kann ich den auch sprechen?« Liedtke wusste, dass einsame Leute ins Reden kamen. Und wenn es nur der Fensterputzer war, oft vertrauten sie einem Fremden Dinge an, die sie sonst nicht erzählen würden.

»Pottmann, heißt der junge Mann. Er hat Urlaub.« Die Leiterin strich sich ihre halblangen Haare hinters Ohr und schaute in der Personaldatei nach. »Morgen kommt er aus Australien zurück und am Montag fängt er wieder an, zu arbeiten. Wir sind froh, ihn zu haben. Herr Pottmann ist bei den alten Damen sehr beliebt, obwohl er noch so jung ist.«

»Australien?«, staunte Liedtke. »So eine Reise kostet eine Stange Geld.

»Ja, er wird wohl dafür gespart haben. Er hatte die letzten drei Jahre keinen Urlaub.«

An der Schlussfolgerung, dass Pottmann sich das Geld selbst zusammengespart haben könnte, war nichts auszusetzen, wäre da nicht die Tote gewesen. Liedtke dachte an die abgeräumten Konten. Mit dem verschwundenen Geld ließe sich mehr als nur eine Reise nach Australien finanzieren, sondern vielleicht sogar irgendwo eine neue Existenz aufbauen.

Eilig verabschiedete sich der Kommissar. Der Fall war klar. Er fuhr gleich ins Büro, wo er alle ankommenden Flüge aus Australien checkte. Wer weiß, ob der Bursche überhaupt zurückkommen würde? Liedtke wusste auch, dass er unter diesen Umständen kaum eine Fahndung genehmigt bekommen würde. Zudem fiel ihm ein, dass die Heimleiterin von einer Schwester gesprochen hatte, welche die Angebote des Seniordienstes gekündigt habe. So ein junger Bursche hatte doch sicher eine Freundin, die könnte doch den Anruf getätigt haben. Mit der Aussicht auf einen Australienurlaub erledigt sich so ein Anruf schnell. Und wer wusste, was der Pfleger der Freundin erzählt hatte, dass sie im Pflegeheim angerufen hatte. Es half alles nichts, Liedtke beschloss selbst zum Flughafen zu fahren, um den jungen Mann auf den Zahn zu fühlen und sich ein Bild zu machen.

Liedtke stand bereit. Es kam an diesem Tag nur eine Maschine mit Reisenden aus Australien in Betracht. Liedtke stand in der breiten Einkaufsmall.

Nervös umschloss seine Hand die Zigarettenschachtel in der Jackettasche. Doch er durfte hier nicht rauchen. Er beobachtete, wie die Urlauber braun gebrannt auf das Förderband starrten, um ihre gekennzeichneten Koffer zu erspähen und mit einem Ruck herunter zu ziehen.

Das könnte er sein. Liedtke rief sich das Bild noch einmal in Erinnerung, welches ihm die Leiterin auf dem Laptop gezeigt hatte. Er war sich sicher. Nichts ahnend passierte der große stämmige Pfleger die Zollkontrolle. Er bewegte sich direkt auf Liedtke zu, der eher wie ein vertrottelter Opa wirkte als wie ein Staatsbeamter.

»Herr Pottmann?«, Liedtke zückte seinen Ausweis, als der Angesprochene den Zoll passiert hatte.

»Ja?«, antwortete dieser erschrocken.

»Bitte begleiten sie mich doch auf das Revier. Ich habe einige Fragen zu einer ihrer betreuten Patientin an Sie.« Liedtke sah, dass Pottman blass wurde und nur unwillig folgte. Liedtke lullte Pottmann ein: »Reine Routine. Sie haben nichts zu befürchten«.

Im Polizeirevier angekommen, ging er mit Pottmann in den Vernehmungsraum, um ganz ungestört mit ihm sprechen zu können.

Sofort eröffnete Liedtke ohne Vorwarnung das Verhör.

»Geben sie es doch zu«, drängte Liedtke mit scharfem Ton Pottmann zu einem schnellen Geständnis. »Erst haben sie Frau Kant verhungern und verdursten lassen und dann haben sie die Konten abgeräumt.«

»Was, die alte Kant ist tot?«, Pottmann riss erschrocken die Augen auf. »Damit habe ich doch nichts zu tun.«

»Ach, und wie haben Sie Ihren Urlaub finanziert?« Liedtke stützte seine Hände auf den Tisch und hatte dabei in das jugendliche Antlitz Pottmanns vor sich. Mein Gott, so jung müsste man noch einmal sein, dachte Liedtke in diesem Moment. Und dann nach Australien!

»Geerbt, von Oma.«

»Das prüfen wir nach, Freundchen. Und warum sind sie vorhin so blass geworden, als ich sie aufs Revier bat?« Liedtke sah fest in die blauen Augen, die aus dem sonnengebräunten Gesicht hervorstachen und an Sonne, Sand und Lagunen erinnerten. Kein Wunder, dass Frauen auf so etwas flogen.

»Ich, ich...«, stammelte der Hüne mit der unsicheren Stimme eines Kindes. »Ich habe ein paar Pflanzen und Samen mitgebracht.«

»Pflanzen und Samen? Willst du mich etwa verscheißern?«, Liedtke verfiel ins *du* und richtete sich drohend vor Pottmann auf.

»Nein, um Gottes Willen«, fiel ihm dieser beschwörend ins Wort. »Hanfpflanzen und Samen für einen Freund. Nur als Medizin natürlich. Mein Freund ist krank und wollte sie anbauen.«

Das klang für Liedtke so absurd, dass es schon wieder wahr sein konnte.

Doch irgendetwas verbarg dieser beliebte Altenpfleger. Das spürte Liedtke genau. »Hier geht es um Mord! Nicht um irgendwelche Pflänzchen. Da gehste in den Knast und kannst von Australien nur noch träumen.« Liedtke sah, wie der in die Enge Getriebene sich plötzlich aufrichtete und die Fäuste ballte. Doch in der nächsten Sekunde beherrschte er sich wieder und senkte die Augen.

Was hat der nur? Liedtke änderte seine Verhörtaktik und legte väterlich die Hand auf Pottmanns Schulter. »Erzähle, ich will es nur verstehen...«.

Pottmann hob seinen blonden Wuschelkopf. »Ja, Frau Kant hat mir Geld gegeben. Dreitausend Euro.« Seine Stimme wurde leiser. »Ich hatte zwar das Geld für die Reise schon von meiner Oma bekommen... Wirklich, Herr Kommissar. Doch als ich ihr von meinem Traum nach Australien zu reisen, erzählte, glänzten ihre Augen. Da wollte mein Gustav auch immer mal hin, hat sie gesagt. Wenige Tage später gab sie mir mit einem verschmitzten Lächeln das Geld. Ich musste ihr versprechen, Sand und ein paar Muscheln aus Australien mitzubringen. Habe ich auch gemacht. Habe ich alles im Koffer. Warum hätte ich da die gute Frau denn umbringen sollen?«

Sekunden vergingen. Liedtke begriff, dass sein Gegenüber die Wahrheit sprach. Pottmann war ganz sicher nicht der Täter »Wir werden das überprüfen.« Er beendete das Gespräch und schickte den verdutzt schauenden Pfleger nach Hause.

Zögerlich stand er auf und blieb vor dem Liedtke stehen. »Und die Pflanzen?«, fragte er unsicher.

»Ich bin nicht der Zoll. Ich habe einen Mordfall zu lösen. Aber so schlimm wird es schon nicht werden.«

Der Urlauber blickte sichtlich erleichtert auf, zögerte jedoch einen Moment.

»Ja? Wollen Sie mir noch etwas sagen?« Liedtke sah Pottmanns traurige Miene.

»Die arme Frau Kant. Familie hatte sie keine mehr. Nach dem Tod ihres Mannes muss sie kaum noch Kontakt zur Außenwelt gehabt haben.« Der Betreuer schob den Stuhl an den Tisch. »Nur zu Frau Lessel schien sie noch Verbindung zu haben. Vor einigen Monaten und dann noch einmal kurz vor meinem Urlaub erzählte mir Frau Kant jedoch, dass es in der Welt verkehrt zuginge. Es sei eben eine verkehrte Welt.«

»Was meinte sie damit: Es sei eine verkehrte Welt?« Liedtke klang nachdenklich.

»Ich weiß es nicht. Mir wird so viel erzählt. Ich habe es nicht ernst genommen. Es bleibt selten Zeit für ein tieferes Gespräch mit den Kranken. Na ja, mir tut es echt leid um Frau Kant, gerade, weil sie immer so freundlich und keine Jammertasche war.«

»Wenn Ihnen noch etwas zu Frau Kant einfällt, melden Sie sich bitte bei mir.« Er sah dem Pfleger nach, als dieser sein Büro verließ. Liedtke überlegte. Irgendetwas musste er übersehen haben. Aber was?

Er dachte an die Worte von Pottmann. Verkehrte Welt. Was war für eine Frau, die in der Trauer um ihren Mann von der Außenwelt abgeschlossen lebte, eine verkehrte Welt?

Und Frau Lessel? Es war ärgerlich, dass sie sich an nichts erinnern konnte. Liedtke dachte lächelnd an seinen *Hausbesuch*. Obwohl, so richtig dement kam sie mir nicht vor. Er sah das geschminkte Gesicht vor sich und rief sich den kessen Augenaufschlag der älteren Dame ins Gedächtnis.

Zurück am Schreibtisch zündete er sich eine Zigarette an und blätterte in der Akte. Beklemmende Bilder.

Nach Zimmern geordnet, pappte er sie mit kleinen Magneten an die Tafel. Er betrachtete alle Bilder erst von der Ferne und trat dann näher heran. Hatte er etwas übersehen? Während die Zigarette Zug um Zug kürzer wurde, scannte er mit scharfem Blick noch einmal jedes Bild.

Plötzlich stockte er und drückte hastig den Zigarettenstummel aus. Dann fiel es ihm wie Schuppen von den Augen. Verkehrte Welt! Das war es, was Frau Kant mit verkehrter Welt meinte!

Hektisch griff er zum Telefon und nach wenigen Minuten erfuhr er, was er wissen wollte.

Er riss sein Jackett von der Stuhllehne und fuhr los.

Diesmal musste er bei Frau Lessel klingeln, denn er wurde nicht erwartet.

»Kommen Sie doch herein, Herr Kommissar.« Sie lächelte diesmal nicht.

Liedtke trat ins Wohnzimmer und blieb vor der Fotogalerie auf der Kommode stehen. Nicht nur Familienangehörige waren hier aufgereiht. »Urlaubsbilder sind kostbar, nicht war, Frau Lessel?« Er blickte in ihr ungeschminktes Gesicht.

»Warum haben Sie Frau Kant ermordet?« Die Frage so direkt, entfaltete ihre Wirkung, wie eine Sunamiwelle.

Die Nachbarin schien einer Ohnmacht nahe, wankte und setzte sich Halt suchend auf den nächsten Stuhl. »Das werden Sie nicht verstehen.« Sie machte gar nicht den Versuch, etwas abzustreiten, sondern suchte sichtlich nach Worten.

»Erklären Sie es mir.« Geduld war noch nie seine Stärke gewesen.

»Mit 66 Jahren, da fängt das Leben an, singt Udo Jürgens so schön in einem Lied. Ich bin 67 und wenn ich mich zurecht mache, sehe ich noch flott aus.«

Liedtke dachte an das gepuderte Gesicht und die roten Lippen.

»Die Männer wollen immer am liebsten viel jüngere Frauen haben, selbst wenn sie jenseits der 60 sind. Ja, wo bleibt denn dann unser Alter mit der Sehnsucht nach Zweisamkeit?«, fuhr sie leise fort und senkte den Blick. »Vor Jahren bin ich mal nach Jamaika in den Urlaub gefahren. Plötzlich spielte das Alter dort keine Rolle mehr und junge Männer interessierten sich für mich. Warum nicht, dachte ich. Umgekehrt ist es für Männer etwas ganz Normales. Sonnenuntergänge am Strand, ich...«

»Ersparen Sie mir romantische Einzelheiten!«, unterbrach Liedtke barsch.

»Ja also, mein Geld war dann irgendwann alle. Das war vor ungefähr einem Jahr. Ich wusste, Hilde hatte noch ein gut gefülltes Sparbuch im Schrank in einem Seitenfach liegen. Bei einer Kaffeestunde, als Hilde auf die Toilette musste, nahm ich es einfach an mich. Jeden Monat hob ich zweitausend Euro ab. Das ist die Summe, die man ohne Ausweis von der Bank bei einem Sparbuch bekommt, wenn keine Sicherungen, wie Kennwort oder dergleichen eingebaut sind. Das Geld versteckte ich bei mir. Nur noch einmal wollte ich abheben, dann wäre das Konto leer gewesen.

Ein Pfeifton unterbrach das Geständnis. Frau Lessel schlurfte in die Küche, um den Herd abzudrehen. Als sie zurückkam, schien sie um Jahrzehnte gealtert zu sein. Sie sank in den Ohrensessel und erzählte weiter: »Alles ging gut, bis vor zwei Monaten. Hilde musste klar geworden sein, dass nur ich das Sparbuch haben konnte. Als sie mich zum Tee zu sich einlud, ahnte ich schon, dass sie dahintergekommen war. Ich nahm ein paar Urlaubsbilder mit und wollte ihr alles erklären.

Hilde konnte es kaum fassen, als sie mich so halb bekleidet mit meinem Urlaubsflirt am Strand auf einem Foto sah. Sie wurde zur

Furie, schrie etwas von einer verkehrten Welt und dass sie das allen erzählen würde. Ihr Geld würde sie lieber im Keller verschimmeln lassen, als mir davon etwas zu geben.« Frau Lessel suchte nach einem Taschentuch.

»Und da haben sie Frau Kant einfach umgebracht?«

»Nein. Ich habe sie gefesselt und wollte sie so ein paar Tage zappeln lassen.« Frau Lessel schnäuzte in ihr Taschentuch.

»Gefesselt? Wie?« Liedtke dachte daran, dass bei Frau Kant keine derartigen Spuren festgestellt worden waren.

»Na, sie hatte immer so dünne Ärmchen. Damit ihr das nicht weh tut, habe ich kleine Handtücher um die Handgelenke gewickelt, bevor ich sie festband.«

»Wieso hat Frau Kant sich denn fesseln lassen?« Liedtke konnte sich das nicht so recht vorstellen.

»Ich hatte ihr ein Schlafmittel in den Tee geschüttet. Später, als ich wieder nach ihr sah, war sie im Schaukelstuhl eingeschlafen. Da ging das Fesseln natürlich leicht.«

»Also, wollten Sie sie doch umbringen?«

»Nein, wollte ich nicht. Einen Tag später bin ich dann die Treppe heruntergefallen. Ich habe mir ein Bein gebrochen und bin auch mit dem Kopf aufgeschlagen. Durch den Sturz konnte ich mich dann an nichts erinnern. Anschließend war ich noch zur Kur. Erst als die Wohnung aufgebrochen wurde und ich Hilde da liegen sah, ist mir alles wieder eingefallen. Aber da war alles schon zu spät. In einem unbeobachteten Moment, als der Hausmeister die Polizei rief und überall die Fenster öffnete, habe ich schnell die Fesseln gelöst und mitgenommen.« Tränen rollten ihr über die Wangen.

Liedtke bedauerte sie innerlich und forderte sie dann auf, mit aufs Revier zu kommen. Als sie im Flur an der Kommode vorbei gingen, sah Liedtke eine Flugkarte ohne Rückflug nach Jamaika liegen. Der Blick des

Kommissars verfinsterte sich und jegliches Mitgefühl verschwand gänzlich.

Um ein Haar wäre er zu spät gekommen.

Nach Jamaika würde Liedtke jedenfalls nie in den Urlaub fliegen. Er dachte an seine nahende Pensionszeit und konnte sich dafür ganz gut eine Tätigkeit vorstellen: Präventionsarbeit in Schulen oder dergleichen. Da würde sich schon etwas finden.

Harald Drechsler blickte unruhig auf das geschlossene Fenster. Seit zwei Tagen hatte er die Frau am Fenster nicht gesehen. Die Blüten hingen in den Blumenkästen kraftlos herab.

Harald bezahlte sein Bier und ging einfach in die Schulstraße und klingelte, bis eine Mieterin öffnete. Mehrmals klopfte er an der Tür der alten Frau. Ein schwaches Rufen bestärkte ihn, dass hier etwas nicht stimmen konnte. Er warf sich mit aller Kraft gegen die Tür. Krachend gab das Schloss in dem Altbau nach.

Gut, dass er gekommen war, denn sein *Blumenmädchen* war über die Teppichkante gestolpert und hatte sich beim Fallen die Hüfte gebrochen. Vor lauter Schmerzen hatte sie sich nicht bewegen können.

Zwielichtig

»Mist, Mist«, entfuhr es Lotta. Zu spät bemerkte sie, dass ihre Handtasche auf dem Handy lag, als sie diese mit Schwung vom Sideboard zog. Vergebens schnappten ihre Finger nach dem Handy und griffen dabei ins Leere. Scheppernd fiel es auf den Fliesenboden der Diele. Das Display zeigte Risse und erinnerte an feine Fäden eines Spinnennetzes. Lotta versuchte vergeblich das Handy zu starten. Das Display blieb dunkel. Ärgerlich.

Es blieb ihr nichts anderes übrig, als vor Arbeitsbeginn noch ein Handy zu kaufen. Eine Journalistin ohne Handy? Undenkbar.

Weil Lotta seit der Scheidung auf jeden Cent achtete, folgte sie der Empfehlung des Verkäufers, ein gutes gebrauchtes iPhone zu kaufen.

An ihrem Schreibtisch angekommen schob sie ihre Sim-Karte ein und aktivierte das Mobiltelefon. Na also! Sie lächelte und fühlte sich wieder komplett. Das Handy lag gut in der Hand, Bilder, die sie zur Probe aufnahm, zeigten messerscharfe Fotos.

Sie startete den Computer, während sie sich weiter durch das Menü ihres neuen Handys tastete. Einige Funktionen waren etwas anders, als bei ihrem Android-Handy. Doch sie war sehr zufrieden.

Aber dann entdeckte sie einen ihr unbekannten Ordner, mit einem besonderen Symbol, eine Filmkamera. So etwas hatte sie nicht auf ihrem alten Handy gehabt.

Klick.

Viele kleine Unterordner kamen zum Vorschein. Videos? Sie konnte sich an keinen verbliebenen Film auf ihrem Handy bzw. der Speicherkarte erinnern. Immer wenn sie für eine Recherche filmte, überspielte sie das Video sofort auf ihrem Computer und legte eine Datei zu dem betreffenden Thema an. Verwundert öffnete Lotta das erste Kamerasymbol und spielte den Clip ab.

Fassungslos blickte Lotta auf eine üppige Blondine, die zwischen ihren großen Brüsten mit einem überdimensionierten Dildo eifrig hantierte. Dabei musste der Videofilm einen eingebauten Zoomfaktor besitzen. Der Busen drohte samt dem Dildo aus dem Display in ihren Schoß zu fallen.

»Klapp mal die Kinnlade hoch. Was gibt es denn so Spannendes auf deinem Handy zu sehen?«.

Lotta zuckte zusammen, als wäre sie bei etwas Verbotenem erwischt worden.

Anna, ihre Arbeitskollegin und zugleich beste Freundin, stand neben ihr.

»Das gibt es doch nicht! Ein Sexclip auf meinem Handy«, empörte sich Lotta und hielt eine Hand vor dem Mund.

Anna zog die Stirn kraus, denn sie verstand rein gar nichts.

»Neues Handy?«

Lotta schüttelte verneinend den Kopf. »Jetzt schau dir das an!« Sie hielt Anna das Display entgegen. Diese kniff die Augen zusammen, um die bewegten Bilder besser sehen zu können.

»Heiliger Strohsack«, konstatierte Anna mit einem Ton, der offen ließ, ob die Verwunderung dem Sachverhalt an sich oder der Blondine galt.

»Nein, nicht neu.« Lotta rieb Zeigefinger und Daumen aneinander und beantwortete so Annas Frage. Sie erzählte ihr von ihrem Missgeschick.

»Du hast das Handy eines Lustmolches gekauft. Mach dir nichts draus.« Anna feixte.

Wortlos zog Lotta das Handy zurück und klickte als nächstes den Bilderordner an.

»Schau, das sind fremde Fotos? Gibt's ja wohl nicht?«.

»Warte ich hole meine Brille.« Anna wollte nichts verpassen.

»Nein, bleib hier«, bestimmte Lotta energisch, deren journalistische Neugier über die anfängliche Entrüstung siegte. »Ich lade die Bilder gleich auf den Computer.«

Das Bluetooth am Handy flimmerte und die Bilder übertrugen sich auf den Rechner. Interessiert scrollte Lotta die Bilder durch. Anna blickte ebenfalls gespannt auf den Monitor. Da zeigte sich zunächst nichts Aufregendes: Klick ein Pool, Klick eine Werkstatt, Klick ein Wohnzimmer, ein Mädchen und Klick zwei alte Herren, usw.

Lotta nahm beim Durchsehen das Gespräch wieder auf. »Was heißt denn hier Lustmolch? Darum geht es nicht.«

»Ja, ich weiß, Datenschutz«, sagte Anna, die Augen leicht verdrehend. »So etwas sollte nicht passieren. Zumal du das Handy nicht vom Flohmarkt hast.«

»Stimmt. Da muss in dem Telefonladen etwas schiefgelaufen sein. Mehrere Kunden standen hinter mir. Da habe ich mich voll auf den Verkäufer verlassen, dass die alten Daten gelöscht sind. Aber vielleicht kam er dann nicht mehr dazu. Ich hatte es ja auch eilig. Außerdem versicherte ich ihm, dass ich mich melden würde, sollte irgendetwas nicht funktionieren.

»Dem würde ich was erzählen.«

»Wolltest du etwas von mir?« Lotta erinnerte sich, dass Anna zu ihr gekommen war.

»Ach ja«, antwortete Anna. »Wir nehmen deine Buchrezension eine Woche später auf die Kulturseite. Der Chef braucht den Platz für ein anderes Thema.«

»Ok«, erwiderte Lotta. Sie speicherte derweil die fremden Fotos in einem extra Order. Anna ging an ihren Schreibtisch im hinteren Teil dieses Großraumbüros und setzte ihre Arbeit an einem Artikel fort.

Lotta ärgerte sie sich über Anna, die das Ganze mit den alten Daten nicht so ernst nahm. In ihrem Bürosessel hin und her wippend überlegte sie, ob sich daraus nicht einen Artikel schreiben ließe? Im Internet googelte sie die Schlagwörter: Handy, Vorbesitzer und Daten. Erstaunt las sie, dass nicht nur sie Daten von einem Vorbesitzer mit dem Kauf ihres Handys erworben hatte. Dabei ist es doch heutzutage so einfach, die eigenen Daten mit ein paar Klicks zu löschen.

Den Lebenslauf des Vorbesitzers ihres Handys zu erforschen, war nicht der Grund, die Bilder erneut durchzusehen. Sie war einfach neugierig, denn sonst wäre sie nicht Journalistin geworden.

Als erstes lockte ein Foto mit großem Pool auf ihrem Bildschirm zum Baden. Lotta stellte den Tischventilator an und seufzte.

Im krassen Gegensatz dazu fand sie die nächsten zwei Aufnahmen: ein Wohnzimmer mit einer kompakten altmodischen Schrankwand und ein Schlafzimmer mit einer rosa Bettumrandung aus Plüsch. Igitt, wer findet so etwas zum Fotografieren schön?

Auf dem nächsten Bild lächelte ihr ein Opa Typ mit Halbglatze entgegen. Klick – sie sah einen weiteren Rentner, der ihr mit halb geschlossenen Augen entgegen schielte. Er hielt eine Zigarre in der rechten Hand.

Na Opa, zu tief ins Glas geschaut? Ihre Vermutung lag nahe, denn eine halbleere Weinflasche und ein Glas standen sichtbar am rechten Bildrand auf einem Tisch.

Die nächste Aufnahme zeigte ein kleines Mädchen in einem blauen Trägerkleid in einem Sessel sitzend. Das Enkelchen?

Ein Tastendruck weiter sah Lotta eine riesige Holzwand. Hammer, Schraubenzieher, Zangen sowie Gerätschaften hingen akribisch nach Größe sortiert an Haken. Männer und ihre Werkzeuge!

Noch ein Foto mit dem Mädchen. Diesmal saß es in leicht gebeugter Haltung auf einen Lederhocker. Lotta zoomte das Bild heran. Ein Mädchen mit fein geschnittenen Gesichtszügen hielt den Kopf leicht geneigt, sah auf den Boden. Wie alt mochte die Kleine sein? Etwa 10 oder 12 Jahre? Schwer zu sagen. Sie verschränkte die Arme vor der Brust. Ihre Hände schienen die zierliche Gestalt fast zu umarmen oder gar zu umklammern, so dünn war der kleine Körper. Sie dachte an Annika und verglich ihre 10-jährige Tochter mit dem Mädchen auf dem Bild.

Ein fröhlicher Opa - Schnappschuss sah anders aus. Erneut klickte sie auf die erste Aufnahme des Mädchens. Erst jetzt fiel Lotta der leere Blick der Kleinen auf, der an der Kamera vorbei ging. Die dunklen Augen wirkten übergroß in dem kleinen Gesicht. Die langen schwarzen Haare lagen hinten auf den Rücken. Lotta legte die Bilder nebeneinander und betrachtete die Fotos. Bilde ich mir das alles ein?

Lotta reckte ihren Hals in Richtung Annas Platz. Sie zückte ihr Handy und bat Anna zu ihr zu kommen.

»Was ist Lotta?«, maulte Anna. »Ich muss mit meinem Artikel fertig werden.«

»Komm komm, Anna«. Lotta sprang von ihrem Stuhl auf: »Setz dich auf meinen Platz.« Ohne eine Chance der Gegenwehr schob sie Anna auf ihren Stuhl.

»Was siehst du?«, drängte Lotta ihre Freundin.

»Ich sehe zwei unterschiedliche Fotos von einem Mädchen.«

»Schau bitte genauer hin!«, forderte Lotta eindringlich.

Anna runzelte erneut die Stirn. Was sollte sie Besonderes entdecken? Anna setzte ihre Brille auf, die sie diesmal vorsorglich mitgebracht hatte. Sie schaute sekundenlang auf den Monitor.

»Ja, zugegeben«, begann Anna zögerlich. »Für ihren Opa hätte sie schon mal lächeln können.« Anna nahm die Maus in die Hand und vergrößerte einzelne Ausschnitte.

»Und?« Lotta beugte sich über Anna und legte ihre Hand auf ihre Schulter und verfolgte jede ihrer Bewegung.

»Die Kleine hatte vielleicht einen schlechten Tag und wollte sich nicht fotografieren lassen. Du weißt, wie störrisch Kinder manchmal sein können.« Anna nahm die Brille wieder ab.

»Die Kleine ist hier mindestens 10. Da lächelt man auch so mal für den Opa. Oder

lässt sich überhaupt nicht fotografieren.«
Lotta drückte in ihrem Eifer ihre Hand noch
mehr auf Annas Schulter und damit näher an
den Bildschirm heran. Spätestens jetzt müsste
doch Anna erkennen, was Lotta vermutete.

»Du siehst Gespenster«, sagte Anna leise
und lehnte sich zurück. Dann beugte sich
erneut vor und schaute noch einmal auf die
Bilder.

»Aber vielleicht auch nicht?« Anna zog die
Augenbrauen nach oben.

Die Freundin kannte Lottas Gespür für
heiße Schlagzeilen. Aber das hier? Das war
etwas ganz anderes. Unheilvoll stand ein Verdacht im Raum, der einzig Lottas Eingebung
entsprang.

»Beweise, was du denkst, Lotta!« Mit
einem Blick auf ihre Armbanduhr sprang sie
auf und eilte ohne ein weiteres Wort zu ihrem
Schreibtisch.

»Tolle Hilfe!«, murmelte Lotta halblaut vor
sich hin. Doch Anna hatte recht. Nur wie

sollte sie etwas beweisen, was nicht zu sehen war? Oder doch?

Lotta zoomte auf das erste Bild, wo die Kleine im Sessel saß und nahm jeden Millimeter ins Visier.

Sie begann am linken oberen Rand. Da klingelte Lottas Handy und riss sie aus ihren Betrachtungen.

»Ja«, antwortete Lotta knapp auf die Frage ihres Chefs, ob sie etwas Interessantes für die übernächste Wochenendausgabe der LVZ hätte. »Ich hätte da ein Thema, dass für alle Altersklassen interessant wäre und könnte es nachher vorstellen.« Lotta legte auf und ohne eine Sekunde zu verlieren kopierte sie die Bilder auf ihren Datenstick. Gleich fing die Besprechung an, aber danach würde sie nach Hause fahren, um ungestört arbeiten können.

Lotta nahm zwei Stufen auf einmal. Sie wohnte im vierten Stock. Das Treppensteigen war zurzeit ihr einziger Sport. Vom Ehrgeiz getrieben, eine hervorragende Journalistin zu werden und sich auf der Gehaltsskala nach oben zu arbeiten nahm sie sich für sportliche Aktivitäten kaum Zeit.

Zu Hause angekommen, duschte sie kurz eiskalt. Während sie sich trocken rubbelte, dachte sie an die Besprechung. Ihr Vorschlag, einen Bericht über die Daten der Vorbesitzer auf dessen Handys zu bringen, fand ihr Chef toll. Sie würde also ganz offiziell recherchieren können. Dabei hatte sie aber nicht von ihrem Beispiel erzählt.

Da Annika gerade einen Teil ihrer Ferien bei Oma und Opa an der Ostsee verbrachte, war sie auch in dieser Hinsicht frei in ihrer Zeiteinteilung.

Lotta setzte sich mit einem starken Kaffee an den Computer, schob den Stick in den USB-Anschluss und übertrug die Bilder auf ihre Festplatte.

Sie musste wissen, was mit dem Mädchen ist. Ihr Instinkt sagte ihr, dass da etwas nicht in Ordnung war. Aber es würde auch bedeuten, die Nadel im Heuhaufen zu suchen. Doch versuchen wollte sie es.

Zuerst rief sie den Verkäufer an. Aber er konnte sich an den Vorbesitzer nur insoweit erinnern, als dass es ein alter Mann war. Die Anschrift auf der ausgestellten Quittung war unleserlich.

Als nächstes fertigte sie eine Art Passbild von dem Gesicht des Mädchens an und suchte mit diesem Bild im Internet. Stundenlang verglich sie ihr Bild mit den Bildern auf den verschiedensten Internetseiten, die sich das Auffinden von vermissten Kindern zur Aufgabe gemacht hatten. Wie furchtbar musste das Warten und die Ungewissheit der Angehörigen sein?

Gott sei Dank! Lotta fand das Bild „ihres" Mädchens nicht auf diesen Portalen. Gegen 22.00 Uhr fuhr sie den Computer herunter. Sie war müde und unzufrieden.

Das Jagdfieber trieb sie jedoch am nächsten Morgen schon gegen 6.00 Uhr aus den Federn. Mit einem roten Apfel saß sie vor dem Monitor nahm sie sich erneut die Handy-Bilder vor.

Sie suchte in jedem Bild nach verwertbaren Hinweisen zu einer möglichen Herkunft. Der größte Anhaltspunkt war der Pool. Es gab jedoch viele Hausbesitzer mit einem Pool im Garten und mit Bäumen im Hintergrund.

Sie schlussfolgerte daraus, dass sich dieses Haus nicht in einer eng bebauten Siedlung befand. Oder waren die anderen Häuser nur durch Bäume verdeckt? Doch wo sollte sie ohne nähere Adresse anfangen zu suchen? Das Bild brachte sie nicht weiter.

Als nächstes nahm sie das Foto von dem Mann mit der Zigarre unter die Lupe. Unten links schimmertes es blau durch ein bis zum Boden reichendes Fenster. Ein Pool? Könnten die Bilder örtlich zusammengehören? Lotta rutschte auf dem Stuhl hin und her.

Jetzt zoomte sie die Schrankwand heran, die im Hintergrund rechts das Bild ausfüllte. In einem Regalfach links entdeckte sie eine silberne Vase. Beim genaueren Hinsehen entpuppte sich die Vase als Pokal. Ganz deutlich hob sich die schwarze Schrift auf dem Metall ab: -1. Platz 2023 für den LDS Hockey Verein.

Lotta atmete tief durch und klatschte vor Freude in die Hände. Die Anspannung lies nach. Endlich hatte sie einen Ansatz. Daraus konnte sie etwas machen. Ihr knurrte der Magen. Erst jetzt fiel ihr auf, dass sie außer einem Apfel bisher nichts gegessen oder getrunken hatte.

Ein schnelles Mittagessen musste heute noch her. Spaghetti. Sie erhob sich und setzte einen Topf mit Wasser und Salz zum Kochen auf. Während das Wasser zu brodeln begann, überlegte sie sich ihre nächsten Schritte.

Den Verein würde sie bestimmt schnell finden. Sie müsste die Mitglieder ermitteln und dann stünde die Gretchenfrage im Raum: Wer durfte den Pokal nach jenem Wettkampf-spiel mit nach Hause nehmen.

Das Wasser kochte und Lotta warf zwei Hände voll Spaghetti in das Salzwasser.

Sie lief eilig in ihr Arbeitszimmer und machte sich Notizen, während die Nudeln köchelten: Vereinsregister, die Webseite des Vereins usw. Vielleicht könnte sie unter dem Vorwand ein Artikel über den Verein zu schreiben, weiter forschen. Dass müsste sie flexibel entscheiden.

Plötzlich stellten sich die kleinen Härchen an ihren Armen auf. Gänsehaut?! Ihr wurde klar, wenn sie mit ihrer Vermutung recht hatte, würde sie nicht mit offenen Armen empfangen werden. Brachte sie sich mit all dem in Gefahr? Ja natürlich. Sie nahm sich vor, erstmal nur Fragen über den Verein zu stellen und sich dabei ganz unauffällig umzuschauen.

Jetzt musste sie erst einmal essen.

Lotta hatte im Verein telefonisch angefragt. Sie hatte dem Vorsitzenden, Conrad Fischer, einen umfangreichen Artikel über die Aktivitäten des Vereins in Aussicht gestellt. Bekannt würde der Verein werden, und oft meldeten sich dann Leser des Artikels für eine Mitgliedschaft an. Auch Sponsoren könnten auf einen Verein mit positiver Ausstrahlung aufmerksam werden. Die Vorteile lägen klar auf der Hand. Schließlich stimmte er einem Interview zu.

Lotta vereinbarte einen Termin für den übernächsten Tag gegen 10.30 Uhr in Hedemossa, einem kleinen Vorort von Leipzig. Eigentlich war es Lotta nicht recht. Aber Herr Fischer hatte sich das Bein verstaucht und konnte nicht das Haus verlassen. Außerdem hatte sie zur Vorsicht ein Pfefferspray in der Tasche und ein Springmesser im Turnschuh.

Hier musste es sein. Dieses freistehende Einfamilienhaus könnte im Garten einen Pool haben. Sie würde es bestimmt während des Gespräches sehen und drückte die Klingel.

Herr Fischer empfing sie äußerst freundlich. Lotta erkannte ihn sofort von dem Foto.

Er führte sie ins Wohnzimmer und bot ihr den Platz auf der Couch an. Sie konnte von dort aus direkt auf die Schrankwand blicken. Sie sah Bücher von namhaften Autoren und verschiedene Bierbembel mit Zinndeckel.

Nur den silbernen Pokal konnte sie nirgends entdecken. Aber es war die Schrankwand. Da war sie sich ganz sicher.

Herr Fischer setzte sich ihr gegenüber in den Sessel.

Lotta bedankte sich höflich dafür, dass er sich die Zeit für ein Gespräch genommen hatte.

»Ja, was möchten Sie denn über den Verein wissen?«

»Die allgemeinen Daten habe ich mir aus dem Vereinsregister notiert.« Herr Fischer sollte denken, dass es ihr Ernst mit dem versprochenen Artikel war. »Vielleicht erzählen Sie mir, wie lange Sie selbst im Verein sportlich aktiv gewesen sind und was Ihre Erfolge waren?«

Herr Fischer plauderte munter darauf los. Er sei immer noch aktiv und sei es auch nur bei Seniorenwettkämpfen. Doch den Sieg im letzten Jahr erwähnte er nicht, geschweige denn den Pokal.

Lotta versuchte, ihn behutsam darauf zu lenken und machte ihn darauf aufmerksam, dass seine Enkel sicherlich sehr stolz auf ihren aktiven Opa wären, da er ja mit seiner Mannschaft Preise und Pokale gewonnen hatte.

»Ich habe keine Enkel. Das war mir nicht vergönnt.« Herr Fischer stand plötzlich auf. »Wie unhöflich von mir. Ich habe Ihnen nichts zu trinken angeboten. Ich bin aber auch etwas unpässlich mit meinem Fuß. Einen Moment bitte. Möchten Sie ein Glas Wasser oder eine Tasse Kaffee?«

»Machen Sie sich keine Umstände. Ein Glas Wasser reicht.« Lotta wollte nicht unhöflich sein.

Während Herr Fischer das Wohnzimmer verließ, dachte sie nach. War sie zu forsch gewesen? Hatte sie schon eine Linie überschritten. Sie blickte von der Couch aus in den Garten und sah ganz rechts noch einen Teil des Pools. Genauso hatte sie es auf dem Bild gesehen. Wo blieb Herr Fischer?

»Hallo, Herr Fischer. Alles in Ordnung?« War Herr Fischer erneut gestürzt.

Lotta stand auf und horchte in die Diele.

»Herr Fischer.« Nichts. Da sah sie eine Tür rechts, nur angelehnt. Sie drückte die Tür auf und sah auf eine steile Treppe in den Keller. »Herr Fischer, sind Sie im Keller. Sind Sie gestürzt. Hallo?«

Dann verspürte sie den Hauch einer Bewegung hinter sich. Doch ehe sie sich umdrehen konnte, fühlte sie den Schlag auf ihrem Kopf. Sie fiel die Treppe herunter und wurde ohnmächtig.

Lotta kam zu sich. Ihr Kopf fühlte sich an, als hätte sie eine Discokugel auf den Schultern. Wie lange war sie wohl ohnmächtig gewesen?

Sie spürte das Klebeband auf den Augen und dem Mund, realisierte, dass sie an einem Stuhl gefesselt war. Oh Gott. Panik überkam sie. Lotta versuchte sich bemerkbar irgendwie zu machen, soweit dass eben mit verklebtem Mund ging. Sie riss an den Fesseln und spürte den einschneidenden Schmerz. Ihr war schwindlig. So ein Mist, ich werde die Redaktionsbesprechung verpassen. Da war Ärger vorprogrammiert. Sie begriff auch, dass dies im Moment ihr kleinstes Problem war. Warum hatte sie Anna nicht wie üblich Bescheid gesagt? Stunden vergingen. Lotta konnte die vergangene Zeit schwer einschätzen.

Irgendjemand kam die Treppe herunter. Lotta gab sich schlafend.

Geräusche.

Ihr ging es durch und durch. Sie spürte ihren Herzschlag bis zum Hals. Wo war sie hier hineingeraten? In welches Wespennest hatte sie gestochen, dass sie dafür umgebracht werden sollte, denn daran bestand für sie kein Zweifel. Sie war einfach zu naiv gewesen.

Es musste einen Hinterausgang geben, denn eine Tür wurde geöffnet und warme Luft strömte herein.

Fischer näherte sich. Sein Gesicht musste ganz nah dem ihren sein. Lotta roch seinen Atem, der sie an einen kalten Aschenbecher voller Kippen erinnerte. Sie dachte an die Fotos.

»Du hättest deine Nase nicht in Sachen stecken sollen, die dich nichts angehen«, fauchte er ihr ins Gesicht. »Als der Handyverkäufer mich angerufen hatte, ahnte ich, dass da was kommen könnte und wusste gleich nach deinem Anruf Bescheid. Dabei hatte ich mich auf ihn verlassen, dass er die alten Daten alle löscht.« Er schnitt das Klebeband am Stuhl durch, doch die Hände und Füße blieben jeweils gefesselt. »Los, hoch jetzt.«

Bewegen konnte sie sich trotzdem kaum. Lottas Hände vor dem Körper und ihre Füße blieben mit Kabelbindern gefesselt. Er zerrte sie über eine Türschwelle und schleifte sie über den Rasen. Dann spürte sie einen kräftigen Tritt und fiel in ein Erdloch.

Lotta wehrte sich mit Händen und Füßen, zappelte, trat gegen die Wände, versuchte die Hände irgendwie frei zu bekommen. Alles sinnlos. Sie spürte nur noch mehr die Kabelbinder an ihren Handgelenken.

»Das wird dir nicht helfen. Ich hole jetzt noch den Spaten. Dann bist du Geschichte.« Die Schritte entfernten sich.

Wenn sie doch nur sehen könnte. Sie tastete mit den Händen an ihr Gesicht und versuchte das Klebeband zu lösen. Es war breit und würde schmerzen beim Abziehen. Doch dann erinnerte sie sich, dass Oma die Pflaster immer mit einem heftigen Ruck abgezogen hatte. So machte sie es auch.

Sie hatte es geahnt, dass sie in einer ziemlich tiefen Grube lag, die ihr Grab werden sollte. Ihr schauerte, ihr wurde kalt und sie begann zu zittern. Sie zwang sich zur Ruhe, so gut dies eben ging. Jetzt nur keine Panik bekommen. Viel Zeit blieb ihr eh nicht. Sie versuchte zu dem Messer in ihrem Turnschuh zu gelangen. Kaum bekam Lotta es zu fassen, ließ sie die Klinge aufspringen. Hastig und in kurzen Bewegungen säbelte sie den Kabelbinder am Handgelenk durch. Dann befreite sie ihre Füße. Sie rieb sich die Hände und steckte das Messer in ihre Jeans. Gott sei Dank war die Grube nicht so tief. Es gelang ihr sich mit Händen und Füßen an den Wänden Stück für Stück nach oben zu drücken.

»Das werden Sie schön bleiben lassen.« Fischer streckte ihr eine Pistole entgegen.

Vor Schreck rutschte Lotta wieder auf den Boden. Sie schaute nach oben in den Lauf einer Pistole.

»Ich werde nichts erzählen. Bitte, lassen Sie mich gehen. Ich flehe Sie an.« Lotta zitterte. Feuchte Erde drang durch ihr T-Shirt. Ihr Herz schien zu rasen.

»Halt jetzt die Klappe.« Fischer steckte die Waffe ein. Ein Schuss hätte vielleicht zu viel Lärm verursacht. Er griff nach dem Spaten und holte aus. Blitzschnell wich Lotta aus, bekam den Spaten zu fassen. Fischer verlor sein Gleichgewicht und rutschte neben sie in das Erdloch. Beherzt zog sie das Messer aus der Hosentasche und ließ die Klinge aufspringen. Ehe sich Fischer besinnen konnte, stach sie ihn, ohne zu zögern, zweimal in die Seite. Der krümmte sich und sackte stöhnend zusammen. Lotta stieg mit einem Bein auf dem Leib von Fischer und drückte sich nach oben ab. Stöhnend versuchte er noch nach ihren Fuß greifen. Doch mit aller Kraft stützte sie sich hoch und landete auf dem Rasen. Fischer blieb stöhnend zurück.

Sie rieb sich den Kopf. Nur weg hier.

Plötzlich tauchten mehrere Polizisten auf und halfen ihr auf die Beine. Lotta schaute ganz erstaunt. Woher kamen die denn? Lotta konnte es nicht fassen. Anna rannte auf sie zu und umarmte sie.

»Wieso bist du hier?« Lotta war in diesem Moment so glücklich, ihre Freundin zu sehen.

»Du hast noch nie eine Besprechung verpasst. Sofort läuteten bei mir alle Alarmglocken. Ich habe die Polizei gerufen.«

»Aber woher wusstest du die Adresse?«

»Du hattest sie auf deinen Notizblock neben der Tastatur geschrieben.«

Ein Krankenwagen traf ein. Während Lottas Platzwunde am Kopf von einem Sanitäter untersucht wurde, sah sie, dass Fischer aus der Grube auf die Krankentrage gehievt wurde. Mit einer Sauerstoffmaske vor dem Gesicht und Blaulicht ging es für ihn ins Krankenhaus.

Lotta war froh, dass er nicht tot war. Er sollte im Gefängnis seine Strafe absitzen.

Lotta brummte der Kopf. Sie sah über das Gelände. Ein Pool stand in einigen Metern Entfernung. Es war also das Grundstück vom Bild. Auch die Bäume, die die Sicht auf das Gelände versperrten, erkannte sie wieder. Nur die Garage am Haus und den Hundezwinger daneben, hatte sie auf keinem Foto gesehen.

Ein Mann kam auf sie zu und stellte sich als Hauptkommissar Günther Heller vor.

»Was haben Sie sich dabei gedacht? Das hätte hier gewaltig schief gehen können.« Er erbost und schüttelte missbilligend den Kopf. »Sie haben ihre Rettung nur ihrer Freundin zu verdanken, die behauptet hat, dass Sie einem Pädophilen fassen wollen und einem Mädchen auf der Spur seien.«

Lotta lehnte sich an Anna und drückte ihre Hand.

»Haben Sie das Mädchen gefunden?«

»Noch nicht. Wenn es das überhaupt gibt. Aber die Kollegen durchsuchen gerade das Haus.«

Noch ein Krankenwagen fuhr auf das Gelände.

»Der Krankenwagen ist für Sie, denn Sie müssen sich untersuchen lassen.« Kommissar Heller klang besorgt.

»Mir fehlt nichts weiter«, sagte Lotta.

»Du fährst jetzt in Krankenhaus. Vielleicht hast du ja eine Gehirnerschütterung von dem Schlag.« Anna klang unerbittlich.

»Ihre Aussage können Sie später machen.« Der Kommissar sprach immer langsamer während er mit erstauntem Blick in Richtung Garage schaute.

Lotta drehte den Kopf. An der Hand eines Polizisten lief ein Mädchen mit schwarzen langen Haaren auf den Kommissar und Lotta zu.

»Wir haben die Garage aufgemacht und haben in einem abgetrennten Teil, in einem Käfig, dieses Mädchen gefunden. Sie weinte. Erst als ich die Gittertür öffnete, konnte ich sie beruhigen«, sagte der Polizist.

»Das ist das Mädchen«, hauchte Lotta. Ihr liefen die Tränen über das Gesicht. Wie gut, dass sie das Mädel gefunden haben. Lotta streckte die Hand nach der Kleinen aus und als würden sich beide schon lange kennen, griff das Mädchen danach. Dann drückte sie die Kleine fest an sich, hob sie hoch und beide stiegen in den Krankenwagen.

Auch Annas Augen wurden feucht. »So ein Dreckschwein, hat die Kleine wie ein Tier gefangen gehalten. Ich hoffe, der kommt nicht nie mehr aus dem Knast. Wenn Lotta nicht gewesen wäre…« Sie sprach nicht zu Ende.

»Ich werde alles dafür tun. Meine Arbeit fängt gerade erst an. Gnade Gott allen Beteiligten.« Kommissar Heller wischte sich verstohlen eine Träne von der Wange.

Dann griff er nach dem Telefon und rief die Vermisstenstelle an, denn ein Elternpaar wird überaus glücklich sein, dass ihr verschwundenes Mädchen gefunden wurde.

Das Kind unterm Weihnachtsbaum

Ella saß mit hängenden Schultern an der Rezeption der Geburtsstation und wartete auf
ihre Entlassungspapiere.

Die 24-jährige Apothekerin sah in die leere
Babytragetasche auf dem Stuhl neben ihr.
Sanft streichelte sie über den darin liegenden
Fußsack aus kuscheligem Schaffell. Dabei füll-
ten sich ihre Augen mit Tränen.

Warum hatte ihre kleine Maria nur einen
Tag gelebt? Wieso passierte das ihr?

Dies hatte sie sich in den letzten Tagen
mehrfach gefragt.

Sicher, der Arzt hatte ihr mehrfach erklärt,
dass Marias Herz zu schwach war. Aber Ella
begriff es dennoch nicht. Jede Faser in ihrem
Körper wehrte sich gegen diese schmerzliche
Wahrheit. Dabei war sie voller Vorfreude auf
ihren kleinen Engel gewesen. Ihr ganz per-
sönliches Christkind hatte sie überall voller

Stolz verkündet, denn Maria sollte am 24. Dezember das Licht der Welt erblicken.

Und nun? Ella hob den Kopf und sah zum Fenster hinaus. Es begann, ganz leicht zu schneien.

Sie erinnerte sich daran, wie glücklich sie gewesen war, als der Schwangerschaftstest positiv ausgefallen war. Freudensprünge hatte sie im Bad gemacht und den Sekt für den Abend bereitgestellt.

Doch ihr Freund Markus hatte sich nicht gefreut. Er hatte das Kind nicht gewollt, hatte ihr sogar zu einer Abtreibung geraten. Unglaublich. Dabei waren sie zu diesem Zeitpunkt schon drei Jahre ein Paar gewesen. Ein Kind hätte ihr Glück vollkommen gemacht. Ella hatte ihn daraufhin verlassen und einen kompletten Neustart gewagt.

Als sie endlich eine kleine und bezahlbare Wohnung über das Internet gefunden hatte, war sie von Halle nach Leipzig gezogen. Als erstes hatte sie begonnen, das Kinderzimmer einzurichten. Ella hatte alles noch rechtzeitig geschafft, um die Adventszeit genießen zu können.

Selbst Pfefferplätzchen hatte sie das erste Mal seit vielen Jahren nach Omas legendären Rezept gebacken. Dabei hatte sie sich ausgemalt, wie es sein würde, mit ihrem Kind Weihnachtsplätzchen in den Ofen zu schieben. Vieles hatte sie sich in Gedanken schon vorgestellt und war dabei voller Glück gewesen.

Sie zottelte ein Taschentuch aus ihrer Umhängetasche und wischte sich die Tränen aus den Augen. Wo blieb denn nur die Schwester? Sie wollte hier raus.

Doch wo sollte sie hin? In ihre Wohnung? Ihr graute es davor. Allein schon, wenn sie an das Kinderzimmer dachte.

Endlich kam die Krankenschwester und brachte die Papiere in einem braunen Umschlag. Sie übergab ihr auch noch den Beutel mit den vielen ungenutzten Babysachen. Ella selbst hatte ihn ganz vergessen.

»Alles Gute für Sie«, sagte die Schwester und blieb einen Augenblick vor ihr stehen. Ella nickte nur stumm und steckte den Umschlag in ihre Umhängetasche. Den Beutel legte sie in die leere Babytragetasche.

Zu Hause angelangt, öffnete sie die Tür zum Kinderzimmer nur einen Spalt und schob die Tragetasche hinein. Dann zog sie die Klinke sofort wieder ins Schloss, um nicht das rosa Kinderbettchen oder die aufgeklebten Schmetterlinge an der Wand sehen zu müssen.

Sie schlurfte in die Küche und machte sich einen Kaffee. Mit der Tasse in der Hand ging sie ins Wohnzimmer. Im ersten Moment freute sie sich, wieder zu Hause zu sein. Doch dann schaute sie auf die leere Wiege neben dem geschmückten Weihnachtsbaum. Tränen rannen ihr erneut über das Gesicht und schienen auf der Haut eine brennende Spur zu hinterlassen. Sie setzte sich an den Couchtisch. Die Kaffeetasse stellte Ella neben dem Adventskranz und der Keksdose ab.

In drei Tagen war nicht nur der vierte Advent, sondern auch schon Heiligabend. Sie schluchzte und griff erneut nach einem Taschentuch. Wie sollte sie Weihnachten überstehen? Wie sollte sie überhaupt die nächste Zeit durchhalten? Immer mehr Tränen rannen ihr hemmungslos übers Gesicht. Sie sprang auf und öffnete das Fenster. Kalte Luft drängte herein und ihre Tränen schienen auf dem Gesicht zu gefrieren. Es schneite immer noch. Sie beugte sich weit aus dem Fenster. Was wäre, wenn sie sich jetzt fallen ließe? Wäre sie dann bei ihrer Kleinen? War doch eh alles sinnlos geworden.

Doch dann besann sich Ella und schloss das Fenster.

Sie eilte aus dem Zimmer. Mit der Winterjacke und der Umhängetasche in der Hand stürzte sie aus der Wohnung. Das Auto stand vor dem Haus. Erst erwog sie, zu ihrer Freundin nach Dänemark zu fahren. Mehrfach hatte ihre Freundin sie schon zu sich eingeladen. Doch Ella fühlte sich in dieser Situation nicht in der Lage, noch mehrere Stunden Auto zu fahren.

Wie ferngesteuert lief sie über die Straße zu der nahen Straßenbahnhaltestelle. Sie stieg in die nächste Bahn in Richtung Stadtzentrum. Stundenlang hastete sie umher. In dem Menschengedränge sah sie überall lachende Kinder, die an der Hand ihrer Eltern in Richtung Weihnachtsmarkt schlenderten. In jeden Kinderwagen, der an ihr vorüberfuhr oder stand, schaute Ella hinein. In jedem sah sie wie durch einen Schleier Maria liegen.

Warum? Warum konnte es auch für sie nicht so sein? Hatte sie etwas falsch gemacht? Diese Fragen hämmerten sich durch ihr Gehirn und setzten sich in jeder Windung fest. Es war kalt, doch sie spürte die Kälte in dieser späten Stunde nicht. Irgendwann beschloss sie, zurückzufahren.

Wieder stieg Ella in die Straßenbahn. Sie hielt sich neben der Tür an einer Haltestange fest. Ihr gegenüber stand ein Kinderwagen in Fahrtrichtung hinter einer Sitzbank, auf dem ein junges Paar saß. Es mussten die Eltern sein, denn sonst war niemand zu sehen. Sie knutschten sich und schienen ihr Baby ganz vergessen zu haben.

Ella lugte hinein und schaute auf ein Baby mit einem zarten Gesicht, umrahmt von einer flauschigen rosa Strickmütze. Dieses zarte Gesichtchen mit der Stupsnase und den geschlossenen Äuglein sah ganz wie ihre Maria aus.

Ella schaute auf das Liebespaar. Die zwei küssten sich immer noch leidenschaftlich. Ihr Blick schweifte wieder in den Kinderwagen.

Ella runzelte die Stirn. Wieso ließen sie ihr Kind so unbeobachtet und passten nicht auf?

Sie würde ihr Baby nie außer Acht lassen. Wussten die zwei überhaupt, was für ein Glück sie hatten? Und hatten sie dies verdient? Was für eine Frage? Natürlich ja. Schließlich hatte sie sich mit Markus auch ein Kind gewünscht. Maria war alles, was ihr nach der Trennung von ihm geblieben war. Für dieses Engelchen, für ihr Christkind hatte sie leben wollen. Nichts anderes hatte mehr Sinn in ihrem Leben gemacht. Alles hatte Ella aufgegeben, um neu anzufangen.

Noch immer weinte sie.

Maria war nur so kurz bei ihr gewesen. Nur einen Wimpernschlag lang schien Ellas Wunsch auf ein Leben mit ihr in Erfüllung zu gehen. In so einem Kinderwagen hätte Maria liegen sollen. Behütet und geliebt. Erneut schaute sie in den Kinderwagen hinein. Noch immer schlief die Kleine. Ihr Mädchen? Sie sah wirklich wie ihre Maria aus.

Das konnte kein Zufall sein. Hitzewellen brandeten in Ella hoch. Sind am Anfang nicht alle Babys gleich?

Sie trat einen Schritt näher heran. Könnte ich nicht …?

Ella sah zu dem Liebespaar. Die Hand des Mannes fuhr unter die Jacke der Frau.

Vielleicht würden die beiden es nicht bemerken, wenn sie die Kleine aus dem Wagen hob? Nur mal anschauen und kurz drücken, dachte Ella. Sie könnte dann immer noch sagen, dass die Kleine sich verschluckt hätte. Irgendwie könnte sie sich herausreden.

Vielleicht könnte sie auch …?

Nein, es war nicht richtig, wenn sie das Baby mitnehmen würde. Aber sie sah doch aus wie ihre Maria.

Die Straßenbahn fuhr etwas langsamer und nach wenigen Augenblicken hielt sie an. Ella drückte auf den Türöffner. Ein Blick zu den Eltern, die verliebt die Welt um sich her zu vergessen schienen.

Sie sah wieder in den Kinderwagen. Das Baby schlief. Ihr Herz raste. Sie atmete immer schneller. Wie im Fieber zog Ella das Baby mit beiden Händen aus dem Kinderwagen und stieg in letzter Sekunde aus, bevor sich hinter ihr die Tür schloss. Sie sah der abfahrenden Straßenbahn nach. Die beiden hatten nichts bemerkt. Sicherlich tauschten sie noch Zärtlichkeiten aus.

Ella öffnete schnell ihre Winterjacke und schützte die Kleine darin vor der Kälte. Das Kind schlief immer noch.

Oh mein Gott. Ella, du hast ein Baby gestohlen. Wie konntest du das nur tun? Es ist nun mal nicht deine Maria. Doch sie konnte nicht anders. Schnell eilte sie im Dunkeln davon, nach Hause.

Zu Hause angelangt, legte sie das Kind in ihre Wiege.

Sanft schaukelte sie das Baby hin und her. Ella lächelte, während sie auf die geschlossenen Äuglein schaute. In diesem Moment war Weihnachten für sie perfekt.

Doch dann zog Ella die Stirn kraus. Was hatte sie getan? Doch sie verdrängte erneut, dass sie großes Leid über das Liebespaar aus der Straßenbahn gebracht hatte. Doch der Gedanke, dass die beiden bestimmt noch ein Kind bekommen konnten, gewann die Oberhand.

Ella wiegte das Baby hin und her, ihr Christkind.

Noch immer schlief Maria.

Für diese kurzen Momente des Glücks würde sie für viele Jahre ins Gefängnis müssen, wenn man sie erwischte. Das war gar nicht so unwahrscheinlich. Vielleicht hatten Kameras in der Straßenbahn ihre Tat gefilmt. Oder es hatte sie jemand gesehen. Sie wusste es nicht.

Für einen Augenblick überlegte sie, das Baby zurückzugeben. Dann wäre nicht viel passiert. Eine Kurzschlusshandlung, die jeder Richter verstehen könnte. Im gewissen Sinne war es dies ja auch.

Es hätte alles so schön sein können. Ella wurde klar, dass sie hier nicht mit Maria bleiben konnte. Sie musste fliehen, wenn sie nicht ins Gefängnis wollte.

Wohin sollte sie?

Sie sprang auf und packte hektisch das Notwendigste für sie beide ein. Das Baby legte sie in die Tragetasche. Die Pfefferplätzchen ließ sie zurück. Die konnte sie auf der ganzen Welt backen.

Sie fuhr in Richtung Dänemark zu ihrer Freundin. Dann würde sie weitersehen.

Auf dem Weg nach oben

»Ich freue mich, dass du wieder da bist, mein Sonnenstern«, sagte Elisabeth zu ihrem siebenjährigen Enkel, der bei ihr immer die Ferien verbrachte.

Marvin ließ vom Strohholm in seinem Limonadenglas ab und lächelte sie an. Beide saßen am Tisch auf der Terrasse und blickten in den Garten mit Rosensträuchern, Nelken, und summenden Bienen.

Elisabeth schaute in Marvins Gesicht, dessen blonde Locken ungeordnet über der Stirn lagen und die ihm ein spitzbübisches Aussehen gaben.

»Du erbst einmal alles von mir«, flüsterte Elisabeth geheimnisvoll. Dabei beugte sie sich etwas zu ihm vor und sah in Marvins blaue Augen.

»Erben? Was heißt das, Oma?«

»Wenn ich einmal tot bin, gehört alles dir: das Haus, der Garten und auch mein Geld.« Elisabeth lächelte.

Marvin studierte Rechtspflege an der Fachhochschule in Meißen. Er glänzte mit exzellenten Noten über die gesamte Studienzeit hinweg. Deshalb wurde ihm auch von den Dozenten eine sehr erfolgreiche Karriere vorausgesagt.

Für diese guten Ergebnisse hatte Marvin auf vieles verzichtet. Für ihn gab es keine Kneipenbesuche, keinen Urlaub und keine Freundinnen. Nichts von dem, womit sich seine Kommilitonen so an den Wochenenden vergnügten. Er hielt sich oft tagelang in der Bibliothek der Fachhochschule Meißen oder hockte in seinem Zimmer und studierte dicke Gesetzesbücher. Der Erfolg gab ihm Recht, beliebt war er jedoch nicht. Avancen von jungen hübschen Studentinnen perlten von ihm ab wie Regentropfen von Nanoglas. Für ihn waren sie nicht gut genug.

Nur ab und zu gönnte er sich einen Spaziergang durch die traumhafte Altstadt von Meißen. Am liebsten spazierte er jedoch über den Kleinmarkt am Schlosskrug vorbei.

Wenn ihn jemand gefragt hätte, was er nach seinem Abschluss werden wollte, hätte Marvins Antwort aus nur einem einzigen Wort bestanden – reich.

Es war Juli und die letzten Semesterferien hatten begonnen, die ganz anders verlaufen sollten. Zumindest hatte Marvin es so beabsichtigt.

An einem besonders warmen Tag verließ Marvin sein piefiges Studierzimmer und fuhr hinaus mit seinem kleinen Opel nach Bockweila. Unauffällig hoppelte der Kleinwagen über das Kopfsteinpflaster dieser idyllischen Ortschaft. Am Ende der Straße stieg Marvin aus.

Hier gab es ein Anwesen, das ihn verzückte. Eine alte, aber prächtige Villa aus der Gründerzeit thronte in einem parkähnlichen Gelände. Ausladende Eichen zu beiden Seiten der Zufahrt machten das Anwesen zu etwas ganz Besonderem, sie erinnerten Marvin an alte Hollywoodfilme, wo die Reichen und Schönen, wie Gary Grant oder Doris Day, wohnten.

Gesehen hatte er hier allerdings außer einem Gärtner noch keinen Menschen. Doch Marvin wusste ganz genau, wer hier lebte, denn seit Wochen hatte er recherchiert.

An diesem sonnigen Nachmittag näherte er sich dem Grundstück. Unerwartet öffnete sich automatisch das schmiedeeiserne Tor. Marvin verlangsamte seine Schritte. Eine schwarze Luxuslimousine kam aus der Einfahrt, darin saß eine junge Frau.

Marvin sah nur kurz ihr Gesicht. Sie bemerkte ihn nicht. Aber er kannte sie von Bildern aus dem Internet und von Zeitungsberichten.

Sophia Klar war nicht nur wunderschön und intelligent, sondern sie war auch die reiche Tochter des Inhabers der Brauerei Bockweila Bräu, eine der größten Brauereien in ganz Sachsen. Sie arbeitete als PR-Managerin bei ihrem Vater in der Firma und sie war das Ziel seiner Begierde. Für Sophia Klar hatte er sich aufgespart.

Marvin wusste alles über sie: dass sie eine begeisterte Reiterin war, ein eigenes Pferd besaß und offiziell Single war, obwohl es jemanden gab, der ihr die knappe Freizeit versüßte.

Als er Sophia für diesen kurzen Moment sah, fühlte er sich gut und in seinen Vorhaben bestärkt: Sie musste sein werden. Er wollte sie heiraten. Sophia würde die Eintrittskarte zu einem sorglosen Leben sein. Mit seinen exzellenten Jurakenntnissen würde er spielend Bockweila Bräu leiten können. Aber wenn er nicht zu spät kommen wollte, musste er sich beeilen.

Am nächsten Tag besuchte er das Gestüt Bockweila, welches sich praktisch in Sichtweite von Bockweila Bräu befand. In einem Offenstall stand Sophias kraftvoller Rapphengst Don, ein Pferd von edlem Geblüt.

Täglich war sie an seiner Seite. Schon vor Arbeitsbeginn ritt sie auf ihm aus. Und abends trabte sie gemeinsam mit einem jungen Mann, der Erik Wolland hieß, ausgiebig durch Wald und Flur.

Erik Wollend hatte ein eigenes Pferd, eine Stute namens Perla. Sie stand neben Don im Stall. Wie zufällig hatte Marvin ihn vor kurzem angesprochen und dabei Perla in den höchsten Tönen gelobt, und dann hatte er ihm praktisch eine Reitbeteiligung abgeschnurrt. Vielleicht hatte Wolland auch nur der monatliche Betrag von 350 Euro überzeugt, denn Marvin hatte herausgefunden, dass Wolland das Geld gut gebrauchen konnte.

Schon am ersten Tag kümmerte sich Marvin ab 6.00 Uhr um die Stute, allerdings stank es ihm gewaltig, dass er das ganze Stallabteil ausmisten musste. Eigentlich hätte er Perla am Halfter nur aus der Box führen müssen, um das verbrauchte Stroh zu erneuern. Doch das war ihm viel zu viel Arbeit. Er kratzte das Stroh nur oberflächig zusammen und stieß dabei Perla mit dem Stiel der Heugabel in die Flanke, so dass sie vor Schreck und Angst in die Ecke sprang. Doch das machte Marvin nichts aus. Das verbrauchte Stroh lud er auf eine Schubkarre und entsorgte es hinter dem Stall. Anschließend streute er viel frisches Stroh darüber.

Ausgiebig ließ sich Marvin draußen mit Perla sehen, ritt die Stute auch am Nachmittag. Alle anderen im Stall sollten registrieren, wie gut er sich um die Stute kümmerte. Die ersten Tage verstrichen, ohne dass Marvin auf Sophia traf. Dafür war Erik Wolland mit der seiner Betreuung von Perla zufrieden. Marvin durfte gehen und kommen, wann er wollte. Nur abends, da wollte Wolland sein Pferd für sich haben. Wegen Sophia, allerdings ließ die sich nicht sehen.

Immer wieder ging Marvin zu Don in die Box, streichelte und umarmte ihn. Er küsste ihn sogar auf die weiche Nase. Dabei schloss er die Augen, spürte seine Wärme und dachte an Sophia.

Endlich, nach Tagen tauchte sie in voller Reitmontur auf, die ihre schmale Taille noch mehr zur Geltung brachte. Ihre schwarzen Haare hatte sie zu einem Zopf gebunden. Zum Ausreiten bereit, setzte sie sich auf dem Weg zu Don nur noch den Reiterhelm auf. Dabei warf sie einen Blick in Perlas Box, in der Marvin so tat, als würde er die Stute umsorgen. Bevor Sophia jedoch einen Verdacht schöpfen konnte, führte er Perla in den Gang und machte sie an einer Stange fest.

»Guten Tag, dann sind Sie bestimmt die fleißige Reitbeteilung, von der mir Erik so viel erzählt hat?«, fragte Sophia.

»Stimmt genau, ich kümmere mich gern um Perla, jedenfalls, immer wenn mir mein Jurastudium Zeit dafür lässt, denn ich stehe jetzt kurz vor dem Abschluss und muss auch für die Prüfung lernen.« Er strahlte Sophia an. »Übrigens heiße ich Marvin. Marvin Tiefken.«

Damit war klargestellt, dass er nicht nur ein einfacher Stallbursche war.

»Interessant.« Sophia musterte Marvin ohne Scheu.

»Und wer sind Sie?«, fragte er.

Sophia nannten ihren Namen.

Plötzlich schnaubte Perla und schüttelte die lange Mähne.

»Was hat sie?«, fragte Sophia.

»Sie wartet schon auf ihren morgendlichen Ausritt«, sagte Marvin. »Wir können doch auch ein Stück zusammen ausreiten, wenn Sie möchten.«

Sophia stimmte zu. Sie klickte den Karabiner des Führungsseils in Dons Halfter ein und führte ihn aus der Box, um ihn neben Perla anzubinden. Gemeinsam sattelten sie die Pferde, wobei Marvin immer wieder Sophia half, in dem er besorgt prüfte, ob auch alles in Ordnung sei.

Sie trabten über die angrenzenden Wiesen, galoppierten ein Stück, um dann wieder im Schritt zu gehen.

Marvin versuchte, Eindruck zu schinden. Er erzählte von interessanten Fällen bei Gericht, die er so eingehend studiert hatte und gab lustige Anekdoten zum Besten, die er angeblich mit seiner Oma Elisabeth erlebt hatte, die aber leider bei einem Autounfall vor ein paar Jahren ums Leben kam. Eine unerklärliche Ohnmacht hatte sie am Steuer überfallen. Da war Marvin gerade 17 gewesen. Die Erinnerung daran, dass er mehrere Spinnen in ihr Auto gesetzt hatte, und dass Elisabeth an einer Spinnenphobie litt, hatte er erfolgreich verdrängt, vielleicht sogar ganz vergessen. Die Erbschaft hatte ihn finanziell gut gestellt. Aber das behielt er natürlich für sich. Deshalb bewohnte er während der Studienzeit auch nur ein kleines Zimmer.

Sophia erzählte von ihrer Arbeit, ohne ins Detail zu gehen. Aufmerksam hörte Marvin zu.

Nach dem Ausritt sattelten sie die Pferde ab, rieben sie trocken und kratzten gemeinsam die Hufe aus, wobei auch hier Marvin Sophia immer wieder zur Hand ging. Ihr schien das sehr zu gefallen, sie lachte und schaute Marvin mehr als einmal tief in die Augen.

»Eigentlich duzen sich Reiter«, sagte sie, als sie fertig waren und die Pferde wieder in den Boxen standen. »Du kannst mich Sophia nennen.«

»Aha, dann sag Marvin zu mir.« Auch am nächsten Morgen ritten sie gemeinsam aus. Diesmal erzählte Sophia schon mehr über sich. Marvin zeigte Verständnis für ihre Probleme im väterlichen Betrieb. Die Produktion musste sich den Erfordernissen der Zeit anpassen, denn Bockweila Bräu sollte einen Beitrag für die Umwelt und das Klima leisten.

Marvin gab Hinweise und rechtliche Ratschläge, denn schließlich musste alles im Rahmen der EU-Regularien betrachtet werden. Dabei genoss er Sophias bewundernde Blicke.

Noch ehe Erik Wolland so richtig begreifen konnte, warum Sophia nicht mehr mit ihm ausreiten wollte, verunglückte er bei einem abendlichen Ausritt. Perla hatte ihn abgeworfen. Er lag mit gebrochenem Genick am Ufer eines Baches, während Perla in der Strömung wartete. Schnell stand fest: Es war ein sehr tragischer Reitunfall.

Nur Marvin wusste, warum Perla im Wasser stand und ihre Fesseln kühlte. Die viel zu dick aufgetragene Salbe unter der Bandage brannte wie Feuer, aber sie war wasserlöslich. Instinktiv hatte das Pferd das Richtige getan, für sich und ihn.

Später, im Stall, hatte Marvin in aller Ruhe die Reste der Salbe von Perlas Fesseln gewischt. Niemand würde je den Grund für ihr Aufsteigen ahnen.

Marvin musste Sophia trösten. Das nutzte er jedoch nicht aus. Seine Stunde würde schon noch kommen. Die nächsten Tage erschien Sophia nicht im Stall. Seine Verärgerung darüber ließ Marvin auch Perla spüren. Er stieß die Stute ständig beim Ausmisten in die Seite. Perla schnaubte, scharrte mit den Hufen und wieherte. Marvin hatte auch etwas dagegen, dass Perla so vertraut neben Don stand, und dass sie sich durch die Gitterstäbe näselten, während er Sophia nicht sehen konnte.

Nach etwa drei Wochen erschien Sophia wieder, und sie setzten ihre gemeinsamen Ausritte in die Natur fort. Sie kamen sich allmählich näher, und dies blieb auch nicht unbemerkt.

Leider gingen die Semesterferien zu Ende, und Marvin musste sein Studium abschließen. Alles war bisher nach Plan verlaufen.

Als Marvin an einem Oktobermontag in der Mensa zu Mittag aß, belauschte er ein Gespräch am Nachbartisch. Freimütig plauderte Doktor Kammer mit einem weiteren Dozenten über einen Freund. Schnell wurde Marvin klar, dass es um Sophias Vater ging, der seine hübsche Tochter um keinen Preis an einen Stallburschen verheiraten wollte.

»Stell dir vor: Dabei soll der Stallknecht ein Jurastudent von unserer Uni sein«, hörte er Doktor Kammer sagen.

Marvin holte tief Luft. Waren all seine Pläne in Gefahr?

Er musste wieder recherchieren.

Wenige Tage später stand in der Zeitung, dass Sophias Vater nach einem Aufenthalt in einem Glückspieletablissement auf einem nahegelegenen Parkplatz gefunden wurde. Erstochen. Nach Aussage der Casinoleitung hatte er an diesem Abend viel Geld gewonnen, aber das war verschwunden. Die Polizei vermutete den Täter unter den Gästen des Spielkasinos.

Wieder musste Marvin trösten.

Sophia war jetzt Alleinerbin von Bockweila Bräu. Von einem Tag auf den anderen wurde sie zur Geschäftsführerin. Mit viel Verantwortung und der nötigen Portion Ehrgeiz stellte sie sich der Aufgabe. Das spürte auch Marvin. Plötzlich hatte sie viel weniger Zeit für ihn. Doch an den Ausritten hielt sie fest.

Marvin beklagte sich nicht und zeigte Verständnis für die neue Situation. Er registrierte, wie sie ihn anschaute, und ihre Blicke verrieten ihm, dass sie ihn mochte.

Doch Marvin hielt sie hin, er wollte noch warten und ganz sicher sein.

Allerdings gehörte Warten nicht zu seiner Stärke.

Aber endlich sah er den Zeitpunkt für gekommen und gab seine Zurückhaltung auf. Nach einem Ausritt nahm er Sophia in die Arme und küsste sie leidenschaftlich. Tage später verbrachten sie ihre erste gemeinsame Liebesnacht in einem Hotel, weitere folgten. Natürlich gab sich Marvin spendabel, denn Omas Erbe machte es möglich.

Einige Wochen später strebte Marvin die letzte Etappe seines Planes an. Er überlegte, wie er Sophia einen außergewöhnlichen Heiratsantrag machen könnte. Sophia liebte ihn, keine Frage. Ein *Nein* war nicht zu erwarten. Beim näheren Kennenlernen hatte Marvin allerdings ein paar Charaktereigenschaften an

Sophia bemerkt, um die er sich später kümmern wollte.

Endlich hatte er die zündende Idee.

An einem schönen Sonntagvormittag im November machte er Perla für einen Ausritt bereit. Die Sonne schien. Über seine Reithose trug er ein weißes Hemd mit einer Krawatte und ein schwarzes Jackett. Heute wollte Marvin Sophia fragen, ob sie seine Frau werden wollte. Für diesen großen Moment hatte er nahe am Waldrand auf einer kleinen Anhöhe ein romantisches Dinner vorbereitet. Unter einem weißen Pavillon befand sich ein Tisch. Darauf standen eine Flasche Sekt und ein Teller mit Weintrauben und Naschwerk. Sogar an eine Kerze hatte er gedacht.

Für diesen Teil seines Planes hatte er weder Kosten noch Mühen gescheut und extra einen verschnörkelten Metallzaun mit einem ebenso verschnörkelten Tor um den Pavillon aufstellen lassen. Feine weiße seidene Stoffbogen schmückten den Zaun und gaben dem Ganzen etwas Märchenhaftes.

Sophia würde staunen, doch zuvor musste er sich ein letztes Mal davon überzeugen, dass wirklich alles perfekt arrangiert war.

Don schnaubte und scharrte mit den Hufen, als Marvin Perla an ihm vorbeiführte. Perla schwenkte ihren Kopf und schüttelte die Mähne. Ihr kurzes Wiehern schallte durch den Stall. Dons Wiehern antwortete ihr.

Wenig später war Marvin auf Perla in Richtung der Anhöhe unterwegs.

Schon von weitem sah er die weißen Stoffbänder in der Luft flattern. Er hieb Perla die Hacken in die Seite und trieb sie zum Galopp. Der Pavillon kam schnell näher, schon konnte Marvin die roten Rosen leuchten sehen. Er richtete sich in den Steigbügeln auf und spornte Perla an. Schneller, schneller. Fast waren sie am Ziel. Doch da stolperte das Pferd. Marvin konnte sich nicht halten und flog in hohem Bogen kopfüber durch die Luft, bis der Metallzaun seinen Sturz stoppte. Gleich mehrere Spitzen bohrten sich in seinen Leib.

Ein letzter Blick zu Perla, doch die Stute kümmerte sich nicht um ihn, sondern schüttelte die Mähne und trabte eilig davon. Ein Röcheln drang über Marvins Lippen, ein letztes Zucken. Dann war es vorbei.

Sophia hatte einen weiteren Menschen verloren. Diesmal war es ein Glück für sie, auch wenn sie das ganz sicher nicht ahnte.

Waldesruh

»Am Montag soll der erste Baum gefällt werden.« Julia Moser schluchzte. Sie stand am
Fenster und schaute in Richtung Emmaus
Wald, wo die Baumkronen bunt in der Nach-
mittagssonne leuchteten.

»Wir können da nichts mehr machen.« Sie
wischte sich verstohlen die Tränen ab.

»Nimm es nicht so schwer«, sagte Lars zu
der 45–Jährigen. Er stellte sich hinter seine
Frau und schlang seine Arme um ihre Taille.

Das tröstete Julia nicht wirklich. Doch sie
spürte seinen Körper, seine Wärme, und dies
tat ihr gut. Sie beruhigte sich etwas.

In den letzten Wochen und Monaten waren sie gemeinsam bei Protestaktionen gewesen und hatten Flugblätter verteilt.

Aber leider waren all die Argumente für
die Umwelt und für das Klima wirkungslos
geblieben.

Der Emmaus Wald, ein Teil des denkmal-
geschützten Emmaus Friedhofes in Neukölln,
soll in Zukunft bebaut werden. Das einmalige
Biotop mit seinem großartigen Baumbestand
soll Eigentumswohnungen und Tiefgaragen
weichen. Dabei könnten erst einmal alle
Brachflächen in Berlin für den Wohnungsbau
genutzt oder Aufstockungen von Flachbauten
in Betracht gezogen werden.

Nur der vordere Teil des Friedhofes soll
bestehen bleiben. Dort waren auch Julias
Eltern begraben worden. Sie waren bei einem
Unfall ums Leben gekommen. Julia besuchte
die Grabstelle oft.

Ihre Augen füllten sich erneut mit Tränen.
Baukräne und Bagger werden die Erde auf-
wühlen und erschüttern. Die Totenruhe ihrer
Eltern wäre dahin.

Sie standen immer noch am Fenster und
sahen hinaus.

Julia löste sich von Lars, drehte sich zu ihm
um und sah ihm in die Augen. »Ich werde es

meiner Mutter und meinem Vater erzählen müssen.«

Tobias Kerner wunderte sich sehr über das mediale Interesse. Zahlreiche Fotografen, Journalisten und ein Fernsehteam standen direkt hinter der Absperrung. Auf Stativen lauerten Kameras mit langen Brennweiten, um den ersten Sägeschnitt an einer starken Linde am Rande des Friedhofes zu dokumentieren. Der erste Baum, der für den neuen Wohnpark gefällt werden sollte.

Kerner schaute besorgt zum Himmel. Dunkle Wolken waren aufgezogen und Wind kam auf, schien stärker zu werden. Vielleicht sollte er auf besseres Wetter warten.

Doch es war Oktober. Da konnte schon mal ein stärkerer Luftzug um die Häuser wehen. Er würde sich mit seiner Arbeit beeilen müssen, ehe es auch noch zu regnen begann.

Während seine Kollegen die großzügig angelegten Absperrungen kontrollierten und mit ihrer Anwesenheit sicherten, schritt der

Gärtnermeister mit der Lizenz zum Bäume fällen, zur Tat. Die Fallrichtung hatte Kerner genau geplant. Die Größe des Fällschnittes und der Fallkerbe hatte er mit Kreide auf der Rinde des Baumes aufgemalt.

Leicht würde das nicht werden. Immer mal wieder hatte es Überraschungen gegeben. Aber er brachte nicht zum ersten Mal einen Baum mit einem Durchmesser von mehr als einem Meter zu Fall.

Kurz vor der zu fällenden Linde kippte Kerner das Schutzvisier seines Helmes herunter und griff nach der Kettensäge. Er drückte den Schock in Startposition und zog den Starter. Der Motor heulte auf.

Kerner machte sich einen riesigen Spaß und posierte vor den wartenden Fotografen. Er zog den roten Gashebel und das Kettenblatt rotierte auf dem Schwert, bereit loszulegen. Er hob noch einmal für die Presse die Kettensäge hoch und ging dann auf die Linde zu.

Doch was war das? Plötzlich ragte aus dem braunen Waldboden etwas Längliches. Ein Stock? Eine Schlange? Oder war es eine Wurzel, die wie eine Schlange aussah? Sie ringelte sich um seinen rechten Fuß und hinderte ihn am Weitergehen.

Mit aller Kraft versuchte er den gefesselten Fuß nachzuziehen. Vergebens. Noch immer brummte der Motor, und auch den Griff der Kettensäge hielt er fest umschlossen.

Noch einmal versuchte er weiterzugehen. Dabei war sein Blick auf den dicken Stamm der Linde gerichtet. Plötzlich verschwammen seine Kreidemarkierungen auf dem Stamm zu einem hämischen Grinsen. Die Astlöcher wurden zu riesigen Augen.

Der Wind blies immer stärker und wuchs zu orkanartigen Böen an.

Auf einmal verschwand die unheimlich anmutende Wurzel im Erdreich. Kerner erleichtert, verlor jedoch das Gleichgewicht taumelte und ruderte mit der Kettensäge in der Hand hin und her. Er ließ den Griff der Kettensäge los. Sie flog durch die Luft.

Doch wie von einer unsichtbaren Hand gesteuert, schlangen sich jetzt die unteren Äste der Linde um den Griff und gleichzeitig um den Gashebel. Der Motor heulte auf. Die Äste schienen das Gewicht der Maschine nicht halten zu können und das rotierende Schwert neigte sich zum Boden. Kerner konnte nicht ausweichen. Die Kettenzähne fraßen sich durch seinen Oberschenkel, wirbelten Blut und Erdbatzen hoch. Dann stand die Säge still.

Kerner stierte auf die offene Wunde, die Zentimeter weit auseinanderklaffte und aus der das Blut spritzte. Mit schmerzverzehrtem Gesicht versuchte er mit beiden Händen die Schnittstelle zusammenzudrücken, was ihm nur unzureichend gelang. Blut rann durch seine Finger und tropfte auf den Waldboden.

Der Schmerz drang in sein Bewusstsein und ein gellender Schrei hallte durch den Wald bis hin zu den Presseleuten und den

Schaulustigen, die sich mittlerweile zahlreich hinter der Absperrung versammelt hatten.

Nunmehr ließ der Wind nach. Die unteren Äste nahmen wieder ihre gewohnte Position am Baum ein.

Doch Kerner schrie immer noch wie am Spieß und wedelte mit einem Arm. Der Blutteppich unter seinem Bein breitete sich weiter aus.

Endlich eilten seine Kollegen herbei und kamen ihm zu Hilfe.

Kerner wurde ohnmächtig. Er kam erst wieder zu sich, als er auf einer Krankentrage mit abgebundenem Oberschenkel lag und eine Sauerstoffmaske auf seiner Nase spürte.

Während Sanitäter die Trage eilig in den Krankenwagen schoben, sah Kerner kurz auf den Stamm der Linde.

Alles ganz normal. Seine Kreidekennzeichen waren ordnungsgemäß zu erkennen und auch die Astlöcher schienen nur das zu sein, was sie waren: Astlöcher.

Nichts deutete auf das, was er Sekunden vorher erlebt hatte.

»Hast du schon die Meldung in der Zeitung gelesen?«, fragte Julia Lars am folgenden Tag. Aufgeregt schob sie ihrem Mann die Zeitung über den Tisch, denn er las oft nur den Sportteil. Sie tippte mit dem Finger auf den Artikel mit der Überschrift: Mysteriöser Unfall im Emmaus Wald.

»Es ist doch sehr merkwürdig, dass keiner den Unfall so richtig gesehen hat.« Julia stand auf und räumte das Geschirr vom Tisch ab. Sie hatten Abendbrot gegessen und danach die Zeitung gelesen.

»Da hast du Recht und das, obwohl so viele Journalisten anwesend waren.« Lars lehnte sich zurück. »Aber die Erklärung wird ja gleich mitgeliefert. Aufkommende starke Windböen haben den Waldboden aufgewirbelt und die Äste mit ihrem Laub haben sich so stark bewegt, dass Tobias Kerner nicht mehr zu sehen gewesen war, als er die Kettensäge ansetzen wollte.«

Julia zuckte mit den Schultern. »Das ist wirklich sehr ungewöhnlich.«

Für Tobias Kerner tat es ihr leid. Aber hoffentlich trug dieser Unfall dazu bei, dass der Beginn der Rodung des Waldes verschoben wurde.

»Hier steht jedoch, dass die Immobilienfirma WoEmW Neukölln die Besichtigungen mit potentiellen Wohnungseigentümern wieter durchführen wird.«

Dies hatte Julia auch gelesen. Sie würde es ihren Eltern erzählen müssen.

Heinz Schröpfer schloss die kleine Drahttür auf. Hinter ihm standen drei Ehepaare, die an einer Wohnung in Emmaus Wald interessiert waren. Das Waldstück war eingezäunt, schließlich war es zukünftiges Bauland. Der Makler vermerkte die Anwesenheit der Ehepaare Stelter, Gregor und Schumann. Er hatte sich vorgenommen, mit kleinen Gruppen den Verkauf der Wohnungen zu starten.

Vorab war er von seinem Chef strengstens angewiesen wurden, nichts über die mysteriösen Geschehnisse verlauten zu lassen.

Dabei hatte die Verwaltung die Vorgänge um einen bestellten Gutachter selbst heruntergespielt. Der Gutachter sollte alle Bäume in Emmaus Wald erfassen und bewerten. In Presseberichten hieß es, dass der Gutachter sich in dem Wald verlaufen hätte. Er wäre in eine Grube gefallen, aus der er nur mühsam herausklettern konnte. Doch seine Messgeräte und der Laptop waren dahin. Überall wären dunkle merkwürdige Schatten durch die Luft geschwebt und Stimmen hätten ihm dabei zu gewispert, sich als Gutachter hier nie wieder blicken zu lassen. Eine Grube konnte im Nachgang niemand ausfindig machen. Auch den gestrigen Unfall des Gärtners sollte er verschweigen. Käme die Rede bei einer Verkaufsveranstaltung darauf, sollte Schröpfer alle Bedenken abbügeln.

Bei herrlichem Sonnenschein folgten die relativ jungen Paare Schröpfer den Hauptweg entlang. Fast in der Mitte des Weges blieb er stehen. Er stellte sich vor eine Eiche mit weit ausladenden Ästen, die neben einem alten Ahornbaum, einer Kastanie, einer mächtigen Ulme und einer Buche stand.

Aus seiner Aktentasche zog Schröpfer ein Plakat und ein Kreppklebeband. Er riss zwei Stückchen von der Rolle ab und befestigte das Plakat an dem Stamm, worauf der Lageplan der zukünftigen Wohngebäude abgebildet waren. Herr Schumann rückte näher heran, um die Einzelheiten erkennen zu können. Die anderen Anwesenden taten es ihm gleich.

Staunend blickten sie auf den Plan. Alles sah gut aus. Frau Gregor zeigte vor Freude beide Daumen nach oben.

Schröpfer gab nun einige Erläuterungen zum Bebauungsplan.

»Liebe zukünftige Wohnungsbesitzer, ich darf sie doch schon so nennen, wir befinden uns genau in der Mitte des Wohnkomplexes.« Mit einem siegessicheren Grinsen zeigte er auf die quadratische Anordnung der Wohngebäude. »Ausgewählte Bäume werden natürlich stehen bleiben können. Die anderen werden weichen müssen. Doch es werden an anderer Stelle wieder neue Bäume als Ersatz gepflanzt.«

Die Anwesenden nickten zustimmend. Ersatzpflanzungen, das klang gut und erstickte ein eventuell aufkommendes schlechtes Gewissen bei den zukünftigen Bauherren.

Schröpfer machte weitere Ausführungen zum Bauvorhaben, der Tiefgarage und den kleinen Gärten vor den Wohnungen im Erdgeschoß. Für jede Parzelle und Wohnung war eine Nummer eingetragen. Schröpfer hatte den Interessenten empfohlen, sich schon im Anschluss an diese erste Besichtigung für eine in Frage kommende Wohnung zu entscheiden. »Wer zuerst kommt, mahlt zuerst«, sagte er mit einem breiten Lächeln.

Alle schauten gebannt auf den angeklebten Plan. Plötzlich schien die Eiche hin und her zu wanken. Das Plakat zerriss in zwei Teile, der untere Teil klappte um, so dass nur noch das Weiß der leeren Rückseite zu erkennen war.

Erschrocken zeigte Herr Gregor auf die Eiche, den anderen blieb der Mund offenstehen. Noch bevor jemand etwas sagen konnte prasselten Eicheln und Kastanien wie Geschosse auf die Köpfe der Anwesenden hernieder.

Die Frauen kreischten auf. Alle hielten die Hände über den Kopf, als könnten sie die harten Treffer verhindern. Sie wichen von der Eiche zurück. Stelters lehnten sich an den Stamm der Buche, die Gregors suchten Schutz unter der Ulme und die Schumanns drückten ihre Rücken an den Ahorn hinter ihnen. Doch das half ihnen nicht. Das Gegenteil war der Fall. Plötzlich verwandelten sich herabhängende Äste in dünne und dicke Schlangen, die sich mehrmals um den Stamm ringelten und so ihre Beute an den Baum fesselten, so dass sie kaum noch Luft bekamen. Immer fester drückten die Äste an ihre Oberkörper.

»Tu doch endlich etwas«, schrie Frau Gregor ihren Mann an. Dieser ächzte, bekam kaum Luft. Er brüllte vor Schmerzen und versuchte irgendwie zu atmen. Blut drang aus seinen Ohren und dem Mund. Dann knackten die Rippen. Alle riefen um Hilfe und flehten um Erbarmen. Doch sie mussten mit ansehen, wie die Äste der Ulme sich immer tiefer in Gregors Oberkörper drückten. Er spuckte noch mehr Blut und es lief über sein weißes Hemd. Dann wurde er ohnmächtig. Ein weiteres Knacken und sein Kopf kippte nach vorn.

Gregors Frau bekam einen Herzinfarkt und verstarb scheinbar geräuschlos.

Schröpfer stand wie gelähmt vor der Kastanie und sah fassungslos zu. Doch das Knacken der Knochen weckte seinen Selbsterhaltungstrieb. Er wollte fliehen. Aber augenblicklich wuchsen Wurzeln der Eiche aus dem Boden und wurden wie zu dicken Seilen, umschlangen seine Beine und hielten ihn erbarmungslos fest. Ihm wurde übel.

Er sah, wie die Stelters sich bemühten an ihre Handys zu gelangen, um den Notruf zu wählen. Vergeblich. Die Äste peitschten ihnen ihre Telefone aus der Hand. Ständig versuchte Frau Stelter sich unter Wimmern und Schreien gegen die Äste zu wehren. Je mehr sie dagegen anging, desto fester schlugen ihr die Zweige gegen das Gesicht und gegen ihren Körper.

»Das haben wir nun von deiner schwachsinnigen Idee, hier im Wald eine Wohnung zu kaufen«, fauchte sie ihren Mann an. »Ich habe dir gleich gesagt, dass die Wohnungen hier viel zu teuer sind.« Kaum hatte sie dies von sich gegeben, lockerten sich die Äste um ihren Körper, gaben langsam Spielraum und sie bekam mehr Luft.

Frau Stelter hustete. Doch dann konnte sie wieder richtig durchatmen. Sie schien zu warten, bis sie ganz freikam und grinste ihren Mann an, der verzweifelt nach Luft rang.

»Du hast doch die Wohnung mehr gewollt als ich«, krächzte er. »Du warst es doch, die meine Mutter um die Auszahlung meines Erbes angebettelt hat. Am liebsten hättest du sie die Treppe hinuntergestoßen, als sie das nicht wollte.«

Er röchelte nur noch. Sein Kopf fiel mit verdrehten Augen nach vorn. Auch er war tot.

Kaum hatte er die Worte ausgesprochen, da ringelten sich die Äste wieder stark um den Baum, und damit auch fester um Frau Stelter. Dünne Äste wickelten sich jetzt besonders um ihren Hals. Dann gaben unteren Äste ihren Körper frei. Sie hing und zappelte wild mit den Beinen. Da half es auch nicht, dass sie die Arme plötzlich frei hatte. Die Seile um ihren Hals gaben nicht nach. Sie röchelte bis es zu Ende ging.

»Wir wollen nicht sterben«, flehte Frau Schumann und bettelte in den Wald zu den Bäumen. »Wir haben gerade erst geheiratet.«

»Was redest du zu diesen Drecksbäumen als würden sie dich verstehen.« Das hätte Schumann nicht sagen sollen.

Stille. Doch dann begannen die Blätter der umstehenden Bäume zu rauschen und es wurde immer lauter.

»Ich bin schwanger«, schrie sie mit aller Kraft der Verzweiflung in dieses Rauschen.

»Was?« Schumann riss die Augen auf. Er zerrte an seinen Fesseln. »Du Schlampe, du hast mich nur geheiratet, damit du ein Vater für dein Balg hast?« Er, hochrot vor Wut, schleuderte ihr mit einer schmerzverzerrten Grimasse entgegen: »Aber ich kann nicht der Vater sein. Ich kann keine Kinder zeugen.«

»Und wenn schon.« Die Schlangenäste drückten ihr fester auf der Brust. Sie atmete schwer. »Ich hätte es doch niemand gesagt. Und mit der Wohnung, die du für mich kaufen wolltest, wäre ich abgesichert gewesen.«

Plötzlich war ein Knacken und Splittern zu hören. Es schien, als bräche der Ahornstamm entzwei. Die Äste fielen von den Schumanns ab. Befreit, aber geschwächt fielen sie auf die Knie und versuchten erstmal durchzuatmen.

»Bloß weg hier«, schrie Schumann mit dünner Stimme und stand auf. Seine Frau griff sich kurz an den an den Hals. Dann erhob sie sich ebenfalls.

»Ich komme mit. Lassen Sie mich nicht zurück. Helfen sie mir.« Schröpfer stand noch immer an den Füßen gefesselt vor der Eiche.

Schumann blickte zu ihm hinüber. »Ihnen haben wir doch den Schlamassel zu verdanken. Von mir aus können sie hier im Wald verschimmeln.«

»Ich kann für gar nichts. Ich befolge nur die Anweisungen meines Chefs.«

In diesem Moment gab es ein weiteres Bersten. Gebannt schauten alle drei nach oben. Das Blätterdach teilte sich und riss den Stamm in der Mitte auseinander. Offen, und wie ein V klaffte der Baum dann in zwei Teile auseinander.

»Lauf«, schrie Schumann seiner Frau zu.

Doch sie hatten keine Chance. Die unteren Äste griffen nach dem Ehepaar und peitschten sie in das Innere des Hohlraumes des

Stammes. Beide schrien, wehrten sich und flehten um ihr Leben. Rücken an Rücken versuchten sie die näherkommenden Stammteile von sich weg zu drücken. Der Abstand wurde immer kleiner, zwang sie, die Arme an die Seite zu legen. Das V schloss sich. Die Schreie der Schumachers waren noch kurz und dann dumpf zu hören, bis sie dann ganz verstummten. Aber auch das Blätterdach fand wieder zusammen, als wäre nie etwas geschehen. Das Rindenmuster verwuchs an der Bruchstelle. Niemand konnte etwas von den im Inneren gefangenen Schumanns ahnen.

Stille.

Schröpfer sah sich um. Sicherlich fragte er sich, was mit ihm als nächstes geschehen würde.

Da lösten sich plötzlich seine Fußfesseln. Schröpfer begann zu rennen. Er rannte wie noch nie in seinem Leben und erreichte das Tor und dann die Absperrung. Sicher auf dem Fußweg angelangt, holte er sein Handy aus der Tasche und alarmierte die Polizei und die Feuerwehr.

Kraftlos setzte er sich auf den Boden. Die Ankunft der Hilfskräfte zog die Aufmerksamkeit von Journalisten auf sich und auch ein regionales Fernsehteam traf ein.

Schröpfer weigerte sich den Polizisten und den Feuerwehrleuten die Unglücksstelle zu zeigen, stattdessen beschrieb er die genaue Stelle. Seine Aktentasche lag ja noch dort.

Ein Reporter interessierte sich allerdings für den Grund seiner Weigerung.

Schröpfer erzählte dem staunenden Fernsehteam in die Kameras, was er erlebt hatte. Sie schüttelten den Kopf. Doch da kam schon die Polizei und nahm Schröpfer fest.

»Komm mal schnell her«, rief Julia ihren Mann, der den Geschirrspüler bestückte.

Gerade wurde das Interview von Schröpfer gesendet, der mit irrem Gesichtsausdruck die Geschehnisse in Emmaus Wald schilderte. Dabei sah er sich immer wieder um, als könne ein Ast ihn greifen und zurück in den Wald holen.

»Der ist doch irre.« Lars schüttelte mit dem Kopf.

»Wer weiß?«, erwiderte Julia.

Die Kamera fing noch die Verhaftung von Schröter ein. Dann rückte der Reporter wieder ins Bild und schloss seinen Bericht mit dem Worten: »Wenn man den Worten von Herrn Schröter Glauben schenkt, dann lastet ein Fluch auf dem Emmaus Wald. Alle, die dieses Waldstück einer anderen Nutzung zuführen wollen, werden das mit ihrem Leben bezahlen.«

»Hoffentlich sehen die jetzt von ihrem Bauvorhaben ab.« Lars ging in die Küche zurück.

Das hoffe ich auch, sonst muss ich es wieder meinen Eltern sagen, dachte Julia. Sie glaubte wie ihre Mutter und ihr Vater, dass die Seelen der Toten in dem Wald ein neues Zuhause gefunden haben und dies es gemeinsam mit den Bäumen auch in Zukunft bis aufs Blut verteidigen werden.

Schröpfer wurde in die Psychiatrie eingeliefert. Man glaubte ihm seine Geschichte nicht, obwohl die Obduktion der Leichen seine Angaben bestätigte.

Dabei hätte doch jeder an dem Stamm des riesigen Ahornbaumes in der Struktur der Rinde zwei menschliche Gesichter erkennen können.

Für diese Sonderausgabe wurden bereits veröffentlichte Krimigeschichten bearbeitet und zusammengefasst:

Zwei linke Schuhe in Mords-Sachsen 2,
Hrsg. C. Puhlfürst/ P. Steps, Meßkirch, Gmeiner Verlag, 2008
Verkehrte Welt in Mords-Sachsen 3,
Hrsg. C. Puhlfürst/ P. Steps, Meßkirch, Gmeiner Verlag, 2009
Tödliches Fieber in Mords-Sachsen 4,
Hrsg. C. Puhlfürst/ P. Steps, Meßkirch, Gmeiner Verlag, 2010
Die Totengräber von Großzschocher in Mords-Sagen, Hrsg. A.Hartmann & C.Puhlfürst, Buchvolk-Verlag, 2012
Auf dem Weg nach oben in Dein. Mein. Tot., Hrsg. Sylke Tannhäuser & Ethel Scheffler, Buchvolk-Verlag, 2021
Das Kind unterm Weihnachtsbaum in Die Stille nach dem Fest, Hrsg. Mörderische Schwestern, Elysion-Books, 2023
Waldesruh in Berlin Morbid, Hrsg. Uwe Schimunek & Uwe Voehl, Lyschatz Verlag, 2024

Ethel Scheffler

Gestohlenes Leben

Karl Meissner wird tot nahe des Elsterflutbeckens in Leipzig aufgefunden. Spuren? Fehlanzeige. Die Suche nach dem Mörder wird der erste Fall der Kriminalhauptkommissarin Karen Goldtotter als frischgebackene Chefin der Mordkommission. Gesundheitlich angeschlagen und noch in Trauer um ihren Freund Paul, übernimmt sie den Fall. Unterstützung bekommt sie von einem Kollegen aus Hamburg sowie von ihrem Schwager Jörg Hagelgans, der als Hausmeister arbeitet und selbst gern ein Kriminaler geworden wäre. Als noch eine zweite Leiche gefunden wird, verstärkt Staatsanwalt Eberhard Sander den Druck auf sie. Er zweifelt an Karens kriminalistischen Fähigkeiten, droht, das LKA einzuschalten.

Ein Leipzig-Krimi
erschienen im Ruhrkrimi-Verlag, 2023
ISBN: 978-3-947848-79-9, 17,50 €, auch
als E – Book erhältlich

Ethel Scheffler

Kaltes Lager
Schwein sein lohnt sich nicht

In 12 spannenden Kurzkrimis passieren an ungewöhnlichen sowie schaurigen Orten dramatische sowie blutige Verbrechen mit unerwarteter Auflösung. Dabei geht nicht immer alles glatt, und so kommen die Geschichten auch schon mal mit einem Augenzwinkern daher.

Krimikurzgeschichten
BOD - ISBN: 978-3-755-70810-0, 11,90€, auch als E – Book erhältlich